KB113814

검선마도

조돈형 新무협 판타지 소설

FANTASTIC ORIENTAL HEROES

검선마도 6

조돈형 新무협 판타지 소설

초판 1쇄 찍은 날 § 2019년 6월 13일
초판 1쇄 펴낸 날 § 2019년 6월 20일

지은이 § 조돈형
펴낸이 § 서경석

총괄팀장 § 노종아
편집책임 § 김대용

펴낸곳 § 도서출판 청어람
등록번호 § 제387-1999-000006호
등록일자 § 1999. 5. 31
어람번호 § 제2-2795호

주소 § 경기도 부천시 부일로 483번길 40 서경B/D 3F (우) 14640
전화 § 032-656-4452 팩스 § 032-656-4453
http://www.chungeoram.com
E-mail § chungeorambook@daum.net

ISBN 979-11-04-92013-4 04810
ISBN 979-11-04-91930-5 (세트)

검선마도

조돈형 新무협 판타지 소설

FANTASTIC ORIENTAL HEROES

⟨6⟩

검선마도

目次

제39장

화평연(和平宴)

"당시 얼마나 큰 피해를 입었는지 모르나? 고작 초입에 들어서는 데만 전력의 삼 할이 하루아침에 날아가 버렸네. 결국 중간에서 포기를 해야 했고."

부회주의 얼굴은 더없이 심각했다.

"그럼에도 당시 얻은 무공의 가치는 잃어버린 전력이 우스울 정도지요. 아닌가요?"

사마조의 물음에 부회주는 앓는 소리와 함께 입을 다물었다.

"무영신투가 천마도를 훔쳐간 순간, 온전히 천마총을 열 방법은 사라졌습니다. 그리고 전혀 엉뚱한 곳에서 천마도의 비밀이 풀렸지요. 저들이 비밀을 풀었다고는 해도 바로 천마총으로 달려오지는 못할 것입니다. 저들 스스로 한날한시에 움직인다고 천명했으니까요. 하지만 모르긴 몰라도 화평연이 끝나면 그야말로 개떼처럼 달려들 것입니다."

뭐를 상상하는지 다들 표정이 좋지 않았다.

"화평연까지 남은 시간은 고작 이십여 일, 저들이 천마도의 비밀을 풀고 천마총까지 달려오는 시간까지 고려하면 많아야 삼십 일 정도의 시간밖에 남지 않았습니다. 그 전에 우리는 모든 준비를 끝내야 합니다."

사마조의 어조에서 뭔가 이상함을 느낀 대장로 위지허가 착 가라앉은 음성으로 물었다.

"문상의 말을 들으니 단순히 천마의 무공을 얻고자 함이 아닌 것 같구나. 맞느냐?"

잠시 망설인 사마조가 고개를 끄덕였다.

"예, 전 천마총을 천마의 무덤이 아니라 천마총의 비밀에 욕심을 품고 달려드는 자들의 무덤으로 만들어 버릴 생각입니다."

사마조의 선언에 좌중이 술렁거렸다.

"천마총을 무림인들을 끌어들여 섬멸할 덫으로 쓰자는 말이냐?"

"그렇습니다."

"지금껏 너와 같은 생각을 한 사람은 많았다."

"알고 있습니다."

"하면 그럼에도 그 방법을 쓰지 못한 이유도 알 것이고."

"과거 천마총에서 얻은 일부의 무공이 상상외로 뛰어났기 때문이었습니다."

"맞다. 해서 포기를 못 하시는 거다. 고작 천마를 호종하던 자들의 무공을 얻고도 엄청난 전력의 증대를 가져왔다. 하물며 천마의 무공이라니! 회주께선 절대 포기하지 않으실 게다."

"제가 설득하겠습니다. 무림에서 이름깨나 알리는 자들을 모조리 날려 버릴 수 있습니다. 본 회를 위해 하늘이 내려준 기회입니다. 이런 기회는 한번 놓치면 다시 찾아오지 않습니다."

벌떡 일어난 사마조가 장로들에게 허리를 숙였다.

"장로님들께서도 의견을 모아주십시오."

활화산처럼 타오르는 사마조의 눈빛을 보며 위지허는 어쩌면 그가 천마총에 관해서 만큼은 타의 추종을 불허할 정도로 고집불통인 회주를 설득할 수 있을지도 모른다는 생각을 했다.

'만약 설득이 성공한다면 놈들에겐 지옥문이 열리는 것이

나 마찬가지겠군. 또한 개천회는 성공적으로 무림에 모습을 드러낼 수 있을 것이고.'

생각을 정리한 위지허가 탁자를 가볍게 두드렸다.

모두의 시선이 쏠리자 조용히, 하나, 어느 때보다 묵직한 음성으로 말했다.

"찬성한다."

위지허의 선언과 동시에 사마조가 주먹을 불끈 쥐었다.

*　　　　*　　　　*

마침내 그날이 다가왔다.

화평연을 하루 앞둔 날, 동정호는 그야말로 인산인해를 이루었다.

화평연에 직접적으로 참가를 하는 후기지수들의 문파, 세가, 세력들은 물론이고 비록 후보를 내지 못했다 하더라도 각 지역을 대표하는 거의 모든 문파들이 참관인을 보냈다.

또한 화평연을 하나의 축제로 인식하고 그 치열한 비무대회를 보기 위해 각지에서 관광객들도 몰려들었는데 일반 백성들은 물론이고 지역의 유지, 거부, 거상들, 고관대작들과 황족들까지 군산으로 향하는 배를 타기 위해 분주했다.

여기까지는 지난 화평연과 다르지 않았다. 다만 과거와 한

가지 차이점이 있었다.

군산으로 직접 들어가는 인원을 제외하고도 동정호 인근에서 대기하는 무인들의 수가 어마어마하다는 것이었다.

이유는 하나뿐이다.

이번 화평연에는 비무대회뿐만 아니라 천마도의 비밀까지 세상에 공개된다.

제갈세가와 개방에서 공표한 돈을 마련한 사람에 한해서 그 비밀을 알 수 있는 자격이 주어진다고 하였지만 어차피 비밀이 오랫동안 지켜질 것이라 생각하는 사람은 아무도 없었다.

또한 천마총에 대한 탐사는 한날한시에 해야 한다고 명시했으나 그것이 지켜질 리가 없으며 비밀이 알려지는 순간부터 무한 경쟁이 시작된다 여기고 있었다.

해서 각 문파, 세가, 세력들은 천마도의 비밀을 확인하는 순간 곧바로 천마총으로 떠날 수 있도록 정예 무인들을 대거 데리고 동정호로 왔다.

애당초 그들의 목적은 화평연이 아닌 천마총이었기에 굳이 군산으로 들어갈 이유가 없었다.

공간적 여유도 없었고 군산으로 들어갔다가 자칫 빠져나오는 데 시간이 오래 걸리면 경쟁에서 뒤처질 수 있기에 동정호 인근에서 대기했다.

패천군림! 만마앙복!

화평연을 하루 앞둔 시점에서 대다수의 유력 문파, 가문,
세가들이 동정호 인근에 집결을 마쳤을 때 마침내 패천마궁
의 무인들이 모습을 드러냈다.

패천마궁이 거대한 함성과 함께 온갖 깃발을 휘날리며 동
정호와 군산을 이어주는 항구에 도착하자 도떼기시장을 방불
케 했던 항구에 일시적인 침묵이 찾아왔다.

동시에 발 디딜 틈도 없이 많은 사람들이 반으로 갈라지며
길을 내주었다.

흑귀대가 선봉에서 항구를 장악하고, 뒤이어 밀은단의 호
위를 받으며 독고유와 세 명의 장로가 수행원을 데리고 모습
을 드러냈다.

독고유가 걸음을 뗄 때마다 선봉에 선 흑귀대와 후방을 경
계하는 적귀대가 발을 구르며 '패천군림, 만마앙복'을 외쳐대
니 동정호 전체를 들썩이게 만드는 울림과 그들의 전신에서
뿜어져 나오는 살기, 위압감은 상상을 불허할 정도였다.

"적당히 하지 이게 무슨……."

풍월이 귀를 틀어막으며 인상을 찌푸렸다.

비록 흑귀대와 적귀대의 기세에 눌리기는 했어도 눈동자를

반짝거리며 쳐다보는 사람들의 시선에서 한낱 구경거리로 전락해 버린 것 같은 느낌을 받았다.

"다들 안 그……."

동료들에게 고개를 돌리던 풍월은 바로 입을 다물었다.

자신과 같은 생각이라 생각을 했건만 표정들을 보니 전혀 그렇지가 않았다.

붉게 상기된 얼굴 하며 어깨에는 잔뜩 힘이 들어갔고, 걸을 때마다 과장된 동작들을 보니 지금의 상황에 패천마궁의 위세를 자신의 힘과 동일시하는 것 같았다.

그나마 지금 같은 상황이 영 어색했는지 고개를 살짝 숙이고 걷는 유연청만이 정상적으로 보였으나 그 역시도 상기된 표정만큼은 감추지 못했다.

"어서 오십시오, 기다리고 있었습니다."

항구에서 기다리고 있던 정무련의 장로 곽가가 독고유를 향해 가볍게 허리를 숙였다.

독고유는 시선도 주지 않고 그를 지나쳤고 독고유를 대신해 일장로 곡한이 마주 인사했다.

"오랜만이오, 곽 장로."

곡한을 본 곽가가 반색했다.

"곡 장로님도 오셨구려."

"오래 기다리셨소? 우리가 조금 늦은 것 같소."

"아니외다. 패천마궁에서 거의 도착했다는 전갈을 받고 조금 전에 이곳에 왔소. 자, 어서 배에 오릅시다. 예전에도 그랬지만 올해 유난히 사람들이 많이 몰리는 통에 아주 정신이 없소이다."

곽가가 항구 한편에 정박해 있는 커다란 배를 가리키며 말했다.

"그러게 말이오. 오다 보니 아주 가관들이 아니었소. 남의 잿밥에 무슨 관심들이 그리 많은지."

뼈가 있는 말에 어색한 웃음을 지으며 앞서 걸었다.

배가 크긴 했지만 승선할 수 있는 인원은 한정되어 있었다.

흑귀대와 적귀대는 항구에서 대기하고 위지청 휘하의 밀은단 삼십 명만이 궁주의 호위를 위해 배에 올랐다.

뒤따라온 구문칠가일방일루의 수장들과 그의 수행원들은 다른 배를 이용했는데, 풍천뇌가의 노가주 뇌량만은 독고유가 승선한 배에 같이 올랐다.

느릿느릿 움직였음에도 배는 일각도 되지 않아 군산에 도착했다.

많은 이들이 마중을 나와 있었다.

하루 먼저 도착하여 혹여라도 있을지 모르는 문제점 등을 살펴본 순후를 비롯하여, 동정호의 항구에선 모습을 보이지 않았던 정무련의 련주까지 독고유를 기다렸다.

　곽가를 외면했던 독고유도 정무련주까지는 외면하지 못하고 의례적으로 몇 마디 말을 섞은 뒤 곧바로 처소로 이동했다.

　'저분이 정무련주로군.'

　풍월은 독고유에 맞서 조금도 위축되지 않은, 아니, 오히려 여유 있는 모습을 보여준 노인을 보며 감탄을 금치 못했다.

　그가 바로 십 년 전, 남궁세가의 가주에서 물러난 사실상 명예직이라 할 수 있는 정무련의 련주가 된 무적검성 남궁무백이었다.

　'실력도 실력이지만 누구보다 덕이 있고 훌륭한 인품을 지녔던 친구였지.'

　'어지간한 인물은 입에 담지도 않으셨던 할아버지들께서 공통적으로 극찬을 하셨던 거의 유일한 분이던가.'

　풍월은 새삼스러운 눈길로 남궁무백을 응시했다.

　그의 눈길을 의식한 것인지 남궁무백의 시선이 잠시 풍월에게 향했으나 딱히 말을 섞거나 하지는 않았다.

　순후의 안내를 받으며 도착한 처소는 생각보다 훌륭했다.

정무련을 비롯하여 구팔일방, 사대세가 등의 대표들이 머무는 상비사의 전각들만큼은 아니나 그에 못지않았다.

독고유를 비롯하여 뒤따라온 구문칠가일방일루의 수장들까지 처소에 도착을 하자 곧바로 회의가 시작됐다.

회의에는 풍월을 제외한 비무대회에 참가하는 후기지수들 모두가 참가했다.

회의를 주재한 사람은 순후였다.

"밤에 사마세가에서 준비한 간단한 연회가 있습니다. 정무련의 수뇌들이 주축이긴 하나 구파일방과 사대세가의 수장들도 참석할 것으로 보입니다. 귀찮으시더라도 참석을 해주셔야 합니다."

"흠, 알았다. 다른 곳은 몰라도 사마세가의 면은 세워줘야지."

독고유가 선선히 고개를 끄덕였다.

"이놈의 맛은 먹을 때마다 영 적응이 안 돼. 왜 유명한지 모르겠단 말이야."

뇌량이 앞에 놓인 군산은침(君山銀針)을 맛보며 인상을 찌푸렸다.

군산은침은 오직 동정호 군산에서만 자생하는 것으로 서호의 용정차(龙井茶), 철관음(铁观音), 황산의 모봉차(毛峰茶), 무이암차(武夷岩茶) 등 중원을 대표하는 차들과 버금가는 명성과 맛을 자랑했다.

하지만 뇌량처럼 인상을 찌푸리며 조용히 찻잔을 내려놓는 사람이 많은 것을 보니 꽤나 호불호가 갈리는 것 같았다.

"잡설은 간단히 하고 어떤 놈들이 나오는지 확실히 결정이 되었느냐?"

뇌량이 차 대신 술잔을 잡으며 물었다.

"예, 확정되었습니다."

"우리가 알고 있는 상대 그대로더냐?"

독고유가 물었다.

"나중에 추가로 선발된 인원을 제외하곤 동일했습니다."

"추가?"

"예, 정무련에서 벌어진 비무대회에서 이변이 있었던 모양입니다."

순후의 시선이 잠시나마 유연청에게 향했다.

"이변이라면 또다시 예상치 못한 인물이 등장했다는 말이겠군. 지난 비무에서 우리에게 개망신을 안겨준 그 무당의 속가 제자처럼."

독고유의 미간이 살짝 찌푸려졌다.

"그 정도까지는 아니라고 봅니다만, 어쨌든 우승 후보 중 하나였던 혁련세가의 후보를 쓰러뜨렸다니까 실력은 분명 있을 겁니다."

"혁련세가가? 호, 지금껏 빠지지 않고 후보를 냈던 곳으로 기억하는데. 흠, 어디처럼 망신을 당했군."

독고유가 흥미로운 표정으로 고개를 끄덕이다 곁에 앉은 뇌량에게 시선을 주었다.

"적당히 하시지요, 궁주."

뇌량이 나름 점잖게 말했다.

평소라면 쌍욕을 주고받을 정도로 허물없는 사이긴 했으나 공식적인 자리에서까지 함부로 하지는 않았다.

"해서 확정된 후보는 다음과 같습니다."

순후가 한쪽 벽에 후보의 이름이 걸린 족자를 걸었다.

소림사 — 공각, 현 방장 광료의 사손

무당파 — 일선, 현 장문 진무의 제자

화산파 — 화산검회 우승자 운현

개방 — 후개, 구양봉

남궁세가 — 현 가주 남궁편의 삼남, 남궁휴

산동악가 — 현 가주 악진산의 차남, 악위

사천당가 — 현 가주 당추의 손녀, 당령

서문세가 — 현 가주 서문진의 장자 서문휘

승룡검파 — 현 문주 양산응의 제자 유자걸

안휘성출신 — 초연

"저 초연이란 아이가 혁련가의 후보를 쓰러뜨렸다는 아이로
구나."

독고유의 말에 순후가 대답했다.

"그렇습니다. 황급히 그녀에 대해 조사를 해봤지만 딱히 알
려진 바가 없었습니다."

"저렇게 갑자기 두각을 나타내는 후보가 무서운 법이지. 그
때처럼."

독고유의 말에 북명천가의 가주 천극의 표정이 어두워졌
다.

지난 대회 혜성처럼 나타난 무당파의 속가제자에게 패한 사
람이 바로 북명천가의 후보였기 때문이다.

"이번만큼은 절대 그런 일이 없을 겁니다."

천종이 벌떡 일어나 소리쳤다.

좌중에 모인 이들의 시선이 일제히 천종에게 쏠렸다.

"네 이놈! 이게 무슨 짓이냐? 당장 용서를 빌어라."

천극이 하얗게 질린 얼굴로 소리쳤다.

패천마궁의 궁주를 필두로 각 세력들의 수장들이 회의를
하는 장소다.

비록 비무대회에 참가한다는 이유로 참석을 허락받았지
만 천종 따위가 함부로 입을 놀릴 수 있는 자리가 아닌 것

이다.

후보자들이 입을 열 기회는 오직 질문에 답할 때뿐이었다.

독고유가 천극에게 손짓하며 말했다.

"되었다. 사내가 그 정도 기개는 되어야지."

"가, 감사합니다, 궁주님."

천극이 안도의 한숨을 내쉬며 머리를 조아렸다.

"그런 의미에서 저 아이는 네가 상대하면 되겠구나."

독고유의 말에 천종이 당찬 음성으로 대답했다.

"맡겨주십시오. 절대 실망시키지 않겠습니다."

천종의 말이 끝나자 순후가 초연이란 이름 옆에 천종의 이름을 적었다.

그것을 시작으로 회의실에선 상대측 무공의 장단점을 논하고 누가 누구를 상대하는 것이 유리한지에 대해 난상토론이 벌어졌다. 그건 정무련 측도 마찬가지였다.

그 시간, 양측 진영이 상대 후보에 대한 분석을 하느라 정신 없는 사이 일행과 홀로 떨어진 풍월은 구양봉을 만나고 있었다.

"이런 곳도 있었네."

풍월이 넓게 펼쳐진 습지를 바라보며 말했다. 습지엔 온갖 새들이 달려들어 먹이 활동을 하고 있었다.

"아무래도 사람들의 발길이 미치지 않은 곳이니까. 딱히 배를 대기도 마땅치 않고 그렇다고 물고기를 잡거나 차를 재배하기도 불가능한 곳이다. 왜 그렇게 서 있어. 앉아."

구양봉이 볏짚으로 짠 돗자리를 탁탁 치며 말했다.

"대체 어찌 된 거냐? 네가 패천마궁의 대표로 화평연에 참가하다니?"

구양봉이 술잔을 내밀며 물었다.

"몰라. 어쩌다 보니 그렇게 됐어."

"철산도문에 할아버님의 유품을 전하러 간다고 했잖아."

"그랬지. 애당초 그게 목적이었고. 그런데 일이 묘하게 꼬이더라고. 아니, 정확하게 말하자면 독고 영감하고 군사라는 사람한테 제대로 엮인 거지. 제길, 철산도문이 그렇게 망가지지만 않았어도 낚이진 않는 건데."

신경질적으로 술잔을 들이켜고 땅이 꺼져라 한숨을 내쉬는 풍월을 보며 혀를 차던 구양봉이 그가 들고 온 칼을 보며 눈빛을 빛냈다.

"그런데 못 보던 칼이네."

"아, 이거. 이번에 하나 얻었어."

풍월이 묵뢰를 들어 올렸다. 그러고는 도신 아래에 새겨진 이름을 보여주며 웃었다.

"묵뢰라고 해. 어때, 멋지지 않아?"

묵뢰를 받아 든 구양봉이 몇 번 흔들어 보더니 고개를 끄덕였다.

"이름도 그렇고 묵직한 것이 풍뢰도법에도 잘 어울리겠다."

"근데 이거 한 쌍이다. 묵뢰하고 똑같은 검이 하나 더 있어."

"그래? 그런데 도가 아니라 검이라고?"

구양봉이 고개를 갸웃거리며 물었다.

"어, 묵운이라고 묵뢰 하고 무게나 길이가 정말 똑같아."

"그건 어디 있는데?"

구양봉의 물음에 풍월이 입술을 꽉 깨물었다.

"독고 영감 손에."

의아해하는 구양봉에게 지난 이야기를 들려줬다.

"그러니까 그게……."

풍월의 설명은 한참이나 이어졌다. 분노에 찬 설명이 끝나자 구양봉이 키득거리며 웃었다.

"너도 너지만 패천마궁의 궁주도 참 대단하다. 둘 다 왜 이렇게 쫀쫀해?"

"지랄!"

육두문자를 내뱉으며 구양봉이 들고 온 술을 벌컥벌컥 들이켰다.

겨우 웃음을 참은 구양봉이 재빨리 술병을 빼앗으며 말

했다.

"아무튼 패천마궁엔 따로 돈을 받지 않는다는 말이네. 돈 대신 검, 묵운이라고 했던가?"

"어. 천마도의 주인으로 그 정도 자격은 누릴 수 있잖아."

"누가 뭐라냐. 정확한 액수는 모르겠지만 이곳에 모인 사람들만 대충 따져봐도 제갈세가에서 들인 돈보다 훨씬 많이 남겠더라."

"그건 다행이네. 그런데 제갈세가의 가주님은 언제 오시는 거야?"

구양봉이 손을 들어 안개 자욱한 동정호를 가리켰다.

"저기 오시네."

나룻배 하나가 습지에 처박히듯 멈춰 섰다.

사공과 뭐라 설전을 나누던 제갈중이 고개를 설레설레 흔들며 배에서 내렸다.

허벅지까지 푹푹 빠지는 통에 한 걸음을 내딛기가 벅찼다.

오만상을 찌푸리며 습지와 한참을 씨름한 뒤에야 풍월 등이 기다리는 곳에 도착했다.

"고생하셨습니다. 한데 어째서 저리 힘든 길을 택하신 겁니까?"

구양봉이 제갈중이 지나온 흔적이 역력한 습지를 힐끗 바라보며 물었다.

"솔직히 이곳에 습지가 있는지 몰랐네. 이리 넓은지도 몰랐고. 사공도 문제가 없다고 하기에 그런 줄 알았지."

제갈중은 습지를 건너느라 더러워진 하의를 닦을 엄두도 내지 못하고 털썩 주저앉았다.

"아무튼 두루두루 고생하셨습니다. 한잔 받으시지요."

"고맙네."

제갈중은 사양하지 않고 술잔을 들었다.

제갈중이 잔을 비우자 풍월이 곧바로 술을 채웠다.

"정말로 해내셨습니다. 믿고는 있었지만 솔직히 불가능할 수도 있다는 생각을 하고 있었거든요. 형님이 보낸 전령을 통해 천마도의 비밀이 풀렸다는 걸 알았을 때 얼마나 놀라고 기뻤는지 모릅니다."

풍월의 말에 제갈중이 너털웃음을 터뜨렸다.

"허허허! 그랬나? 하긴, 그럴 만도 하지. 나도 믿기지가 않았으니까. 그래도 실패할 거란 생각은 한 번도 하지 않았네. 제갈세가의 모든 두뇌들이 밤낮을 가리지 않고 오로지 천마도 하나에 매달렸거든."

지금에서야 웃으며 말을 할 수 있지만 천마도의 비밀을 풀기까지 자신을 포함하여 세가의 두뇌들이 얼마나 고생을 했는지 알고 있던 제갈중은 그 길지 않은 시간을 반추하며 조용히 술잔을 들었다.

그런 제갈중의 마음을 느꼈는지 풍월과 구양봉도 별말 없이 술잔만 주고받았다.

"이런, 내 정신 좀 보게."

제갈중이 술잔을 내려놓고 품을 뒤졌다.

품속에서 익숙한 원통이 나오자 풍월이 눈빛을 빛냈다.

원통을 열자 갈가리 찢긴 종잇조각들이 흘러나왔다.

풍월과 구양봉이 황당한 눈으로 쳐다보자 제갈중이 쓴웃음을 지었다.

"미안하지만 원형을 보전할 수는 없었네. 할 수 있는 건 다해봐야 했거든. 결국 성공을 했고."

"처, 천마도 자체가 중요한 것은 아니니까요."

찢어진 천마도의 조각을 만져보는 풍월의 음성이 살짝 떨렸다.

"그래서, 대체 어디에 있는 거랍니까?"

"천문산(天門山)."

"천문… 산이요?"

풍월은 낯선 지명에 고개를 갸웃거렸다. 제갈중의 시선이 구양봉에게 향했다.

"자넨 아나?"

"들어는 본 것 같은데 정확히는 잘 모르겠습니다."

"장가계라는 곳에 있는……."

"아! 천문동(天門洞)! 통천대로(通天大路)!"

구양봉이 깜짝 놀라 소리쳤다.

"알고 있군."

"아주 어릴 적에 사부님을 따라 그 옆을 지나간 적이 있습니다. 그때의 인상이 어찌나 강렬했던지 지금도 기억이 생생합니다."

구양봉이 아득한 추억을 떠올리며 몸을 부르르 떨었다.

"바로 그곳이네. 천마의 무덤, 천마총은 바로 그곳에 있네."

"그렇군요. 천마는 그곳에서 잠들었군요."

"하늘로 통하는 길에, 하늘을 여는 문이라니 천마의 무덤이 있는 곳으론 딱입니다. 마지막을 멋진 곳에서 장식했네요."

풍월이 통천대로와 천문동이란 이름을 되뇌며 웃었다.

"천마도의 비밀을 풀었을 때 다들 그런 생각을 했지. 천마답다고나 할까. 아무튼 천마도에는 천마총이 있는 위치는 물론이고 들어갈 수 있는 방법까지 설명되어 있었네. 하지만……."

제갈중의 표정이 급격하게 어두워졌다.

"완전하지가 않았네. 물론 처음엔 완전했겠지. 다만 온전히 비밀을 푼 것이 아니라서."

제갈중이 갈가리 찢긴 천마도를 보곤 아쉬움 가득한 숨을 내뱉었다.

"과정에서 훼손되었을 가능성이 크네. 면목이 없군."

"아니요, 이렇게 풀어낸 것만으로도 충분합니다. 제갈세가의 노력이 아니었다면 영원히 묻혔을 비밀입니다."

구양봉이 정색을 하고 말하자 제갈중의 입가에 희미한 미소가 지어졌다.

"그리 말해주니 고맙군. 다만 걱정은 천마총 내부의 비밀을 완전히 알아낸 것이 아니라 자칫하면 큰 피해를 볼 수도 있다는 것일세. 곳곳에 꽤나 많은 함정과 기관매복들이 설치되어 있었거든."

"천마도에 그런 내용까지 다 들어 있었나요?"

풍월이 믿기지 않는다는 얼굴로 제갈중과 앞에 놓인 천마도 조각을 바라보았다.

"자세한 파훼법은 없네. 그저 어디에 무엇이 설치되어 있다는 정도만 표시되어 있다고나 할까. 사실 그 정도만 해도 충분하지. 일단 확실히 알아낸 것은 초입과 천마총 중앙으로 가는 방법 정도네. 가장 중요한 곳은 확인하지 못했네. 가령 천마의 관이 모셔져 있는 곳이라든가 하는."

"어쩌면 없을 수도 있고요."

풍월이 툭 던지듯 말했다.

"그게 무슨 말인가?"

"여기까지 오느라 고생했으니 적당히 떡고물이나 먹고 떨어지라는 의미 아닐까요? 대충 몇 가지 무기나 무공 비급 같은 거 던져놓고. 저 같으면 제가 묻혀 있는 곳은 알려주지 않겠네요. 영면(永眠)이 방해받잖아요. 그럴듯한 장소까지 찾아냈는데."

"오! 일리가 있다."

구양봉이 감탄과 함께 엄지손가락을 치켜세웠다.

"그, 그럴 수도……."

제갈중이 떨떠름한 얼굴로 고개를 끄덕였다.

"어쨌거나 천마도의 비밀을 풀었고 천마총이 위치한 곳까지 확실하게 파악을 했습니다. 이제 중요한 건 그 비밀을 공개하면서 정당한 대가를 받아야 하는 것이지요. 찾아가든 뭘 하든 그건 다른 사람이 알아서 할 일이고요."

"비용은 일전에 말한 대로 하는 것으로 충분할 것 같네. 그것만 받아도 몇 배의 이득이 남는 장사일세."

제갈중이 갑자기 고개를 갸웃거리더니 실소를 내뱉었다.

"어째 장사라 하니 이상하군."

"흐흐흐! 장사는 장사지요. 다만 우리가 직접적으로 이윤을 챙기지 않는 장사라서 그렇지요."

구양봉의 말에 웃으며 고개를 끄덕이던 풍월이 제갈중에게
말했다.

"그래도 제갈세가에서 쓴 비용만큼은 확실히 챙겨 드리겠습
니다. 노력의 대가는 받으셔야지요."

"아닐세. 우린 그저 천마도의 비밀을 본가가 풀었다는 것만
으로도 충분하다네."

"명예면 충분하다는 말씀이신데 그건 가주님 생각이고요.
아, 물론 다들 그렇게 생각하시겠지요. 그래도 그만큼 고생하
셨으니 고생과 노력에 대한 적당한 사의는 있어야 한다고 봅
니다. 사실 그래야 저도 명분이 있고요."

"명분? 그건 무슨 소린가?"

제갈중의 반문에 구양봉이 껄껄 웃으며 풍월과 독고유 사
이에 있었던 거래에 대해 설명했다.

설명을 모두 들은 제갈중은 파안대소하며 최소한의 선에서
풍월의 제안을 받아들이기로 결정했고, 구양봉이 역시 슬며
시 한 발을 걸쳤다.

하지만 그들이 사사로이 챙기는 이익은 수재민들과 다른 이
들을 위해 사용하기로 예정된 액수의 수백 분의 일도 채 되지
않는 것이었다.

                 *   *   *

패천마궁의 수뇌들과 정무련의 수뇌들이 이른 아침부터 상비사에 모여 화평연의 취지에 맞게 형식적인 잡담(?)을 늘어놓고 있을 때 비무대회에는 이미 사람들로 가득했다.

군산의 비무대는 다른 곳과는 달랐다.

비무대를 높이 설치하여 사람들이 아래에서 위로 보는 것이 일반적인 형식이라면, 군산의 비무대는 그 반대였다.

군산 남쪽의 움푹 꺼진 땅을 가다듬어 비무장을 만들고 그 주변에 암석 등을 깎아 계단 형식의 관람석을 만들었다.

앞선 비무대와 비교해서 관람할 수 있는 인원은 부족했지만 시야만큼은 확실히 좋았고, 매번 조금씩 확장을 한 데다가 주변의 전각, 나무 등에만 올라가도 비무장을 한눈에 볼 수 있어서 크게 부족함을 느끼진 않았다.

하지만 이번 비무대회만큼은 달랐다.

천마도와 연계되면서 군산에 입성한 인원 자체가 과거와는 비교가 되지 않을 정도로 많다 보니 관람석 또한 매우 부족했다.

그나마 정무련에서 인원 제한을 두고 차단했음에도 불구하고 그 정도였다.

관람석에 앉아서 비무대회를 기다리는 인원이 어림잡아 육천이 넘었고 주변 나무나 전각, 암석에 올라 구경을 하려는 사람들까지 포함하면 거의 칠, 팔천 가까이 되는 인원이 비무대회를 보기 위해 준비 중이었다.

"진짜 많네."

풍월은 관람석을 가득 메운 관객들을 보며 혀를 내둘렀다.

화산검회의 비무대회도 나름 대단했지만 화평연의 비무대회에 비할 바가 아니었다.

"오라버닌 떨리지도 않아요? 이 많은 사람들이 앞에서."

여운교가 잔뜩 상기된 얼굴로 물었다.

"떨릴 게 뭐 있어. 그냥 놀라운 것뿐이지."

"좋겠다. 자신감이 있어서 그런 건가? 누가 와도 상대할 수 있다는."

"글쎄, 자신감일 수도 있고."

멀리서 귀를 쫑긋거리고 있던 황웅이 잔뜩 비틀린 목소리로 말했다.

"흥! 누군 좋겠네. 우리처럼 목숨을 걸지 않아도 되니까."

목숨이란 말에 자신의 실력에 절대적인 자신감을 가지고 있는 몇몇을 제외하곤 대부분의 표정이 어두워졌다.

"지금도 그래? 패배하면 죽는 거야?"

풍월의 물음에 여운교가 희미한 미소를 지으며 고개를 끄덕였다.

"과거처럼 심하지는 않아. 어른들도 목숨이 위태로우면 항복하라고 하시지. 하지만……."

"아무도 그렇게 하지 않지. 그렇게 목숨을 구걸해 봤자 돌아오는 건 경멸뿐이니까."

용악군이 여운교를 대신해 말했다.

생사의 대결을 앞둔 상황이라 그런지 용악군의 표정도 잔뜩 굳어 있었다.

"그래, 기억나네. 그래서 화평연이란 이름 대신 지옥연이라고 한다는."

"그렇지, 지옥연……."

"내가 독고 영감에게……."

용악군이 정색을 하며 풍월의 말을 잘랐다.

"아니, 그러지 마. 절대로!"

"승패가 명확한데 굳이 목숨을 걸어야 할 이유가 없잖아요. 정무련에선 크게 개의치 않는다고 들었습니다."

"정무련에서도 목숨을 구걸하는 사람은 거의 없어. 그리고 우린 정무련이 아니라 패천마궁을 대표한다. 패천마궁의 대표로서 패배는 용납할 수 없는 것. 만에 하나 최악의 경우라도 절대 나서지 마. 네 마음을 모르는 바는 아니나 그건 우리를 모욕하는 거야. 설사 네 도움으로, 혹은 궁주님의 아량으로 목숨을 구한다 치더라도 내 장담컨대 누가 되었든 스스로 목숨을 끊을 거다."

패천지동에서의 인연으로 꽤나 친하게 지내는 용악군이 평소에 보여주었던 태도와는 달리 너무나도 단호히 말하자 풍월은 뭐라 대꾸할 말을 찾지 못했다.

어쩌면 황웅의 말대로 목숨을 거는 동료들과는 달리 자신은 비무대회가 주는 의미를 너무 가볍게 여기는 것은 아닌가 하는 생각도 들었다.

그제야 자신과는 완전히 다른 분위기를 풍기고 있는 동료들의 면면을 확인할 수 있었다.

괜히 미안한 마음이 든 풍월은 동료들과 어울릴 수가 없어 조용히 자리를 옮겼다.

그렇게 어색한 시간이 얼마나 흘렀을까?

관람석 한편에서 갑자기 시작된 함성이 이내 비무장 전체를 뒤덮었다.

상비사에 모여 쓸데없이 시간만 보내고 있던 양측의 수뇌들이 비무장에 모습을 드러낸 것이다.

양측의 수뇌들이 그들 진영으로 돌아가자 비무대 위로 화평연을 주재하는 사마세가의 가주가 모습을 드러냈다.

그는 열일곱 번째를 맞이하는 화평연의 비무대회에 대한 간단한 소회(所懷)와 더불어, 참가를 해준 양측의 수뇌들과 후기지수에 대한 고마움을 덧붙이곤 이내 비무대회의 시작을 선언했다.

딱히 심판관이라 할 만한 사람도 없었다.

비무대회의 규칙은 이미 모두가 알고 있었다.

어떤 무기를 써도 상관없고, 승부에 있어 수단과 방법을 따지지 않는다는 간단하면서도 섬뜩한 규칙.

항복을 선언한 자의 목숨은 보장한다는 규칙도 있지만 어차피 잘 통용은 되지 않았다.

"와아아아!"

우레와 같은 함성과 박수를 받으며 지난 대회의 승리를 가져갔던 정무련 쪽에서 먼저 선수를 내보냈다.

혁련세가의 후보를 꺾고 가장 뒤늦게 자격을 얻은 초연이 비무대에 오르자 순후가 천종에게 눈짓을 했다.

초연이 걸어 나오는 순간부터 이미 마음의 준비를 하고 있던 천종이 즉시 몸을 일으켰다.

동료들의 시선이 일제히 그에게 향했다.

굳이 입을 열진 않았지만 다들 그를 향해 응원의 눈빛을 보냈다.

하지만 풍월만큼은 달랐다.

지금 그는 천종이 아니라 비무대 위에 올라 있는 초연을 바라보고 있었다.

풍월은 정무련의 대표로 초연이란 이름이 처음 등장했을

때 구양봉을 만나는 바람에 그녀의 존재에 대해 알지 못했다.

설사 이름을 들었어도 과거 화산검회에서 만났던 초연을 떠올리지는 못했을 터.

"저 여인이 어째서 여기에……."

직접 부딪치지는 않았지만 풍월은 그녀가 얼마나 강한지 안다.

천종이 나름 뛰어난 강자라고는 하나 결코 그녀의 상대가 될 수 없었다.

풍월이 황급히 천종을 잡았다.

"왜?"

"잠깐만 기다려."

일단 천종을 멈추게 한 풍월이 의아해하는 눈빛의 순후에게 달려갔다.

"무슨 일인가?"

"제가 나가겠습니다."

"자네가?"

그저 의문을 표하는 순후와는 달리 두근거리는 마음으로 지켜보던 천극은 불같이 화를 냈다.

"네가 지금 본가를 무시하는 것이냐?"

풍월은 천극의 말을 무시하고 순후에게 다시 말했다.

"제가 나갑니다. 절대 못 이깁니다. 상대는……."

그때, 군산을 뒤흔드는 함성이 터져 나왔다.

풍월의 고개가 홱 돌아갔다.

천종이 자신의 말을 무시하고 비무대로 올라간 것이었다.

"빌어먹을!"

순후가 비무대로 뛰어가려는 풍월의 팔을 잡았다.

"비무대에 오른 순간부터 비무는 이미 시작된 것. 누구라도 멈출 수 없네."

"하지만……."

"여기까지. 더 이상은 아무리 자네라도 용납할 수 없는 행동이야."

순후가 차갑게 외쳤다.

풍월은 혹시나 하는 마음에 독고유를 바라봤지만 오히려 더욱 엄한 눈빛으로 그를 응시하고 있었다.

갑자기 오기가 치밀어 올랐다. 초연에 대해서 제대로 알지도 못하는 사람들이 천종을 죽음으로 몰아넣는 것 같았다.

특히 자식을 사지로 보내기 위해 안달하는 천극의 모습에 욕지거리가 치밀어 올랐다.

"똑바로 봐두쇼. 살아생전 보는 아들의 마지막 모습일 데니까."

"닥쳐랏! 네놈이 대체 무슨 억하심정으로 저주를 퍼붓는단 말이냐?"

천극이 눈을 부라렸지만 풍월의 시선은 이미 독고유와 주변의 수뇌들에게 향해 있었다.

풍월이 입을 열려는 찰나, 패천마궁에서 그와 가장 많이 부대끼며 나름 정을 쌓은 오장로 냉휴상이 그의 말을 막고 나섰다.

"왜 그렇게 흥분을 하는 것이지? 상대가 아무리 강하다고 해도 직접 무기를 맞대기 전까지 승부는 알 수 없는 것이야. 또한 일전에 보니 저 아이도 결코 약하지 않았다."

"그냥 강한 상대가 아닙니다. 아직도 모르시겠습니까? 그녀는 여러분들이 상상할 수 없을 정도로 강합니다."

"강하다 한들 어차피……."

"여기 계신 분들 중 그녀와 싸워 이길 수 있는 사람이 몇 분이나 될 것 같습니까?"

풍월이 손가락 세 개를 폈다.

"많게 잡아도 이 정도뿐입니다."

"농이 좀 심하구나."

냉휴상이 노기를 드러냈다.

"아니요. 심한 게 아니라 사실입니다."

"저 아이가 그 정도로 강하단 말인가?"

순후가 풍월의 말에 화를 내려는 냉휴상을 말리며 물었다.

"강하지요. 방금 했던 말, 결코 농이 아닙니다."

"그렇군. 그렇게 강하단 말이지. 흠, 뒤늦게 참가가 결정되었다고는 하나 비무대회에 참가하는 후보의 역량을 제대로 파악하지 못한 것은 묵영단의 실수. 면목이 없습니다, 가주."

순후가 천극을 향해 고개를 숙였다.

"어… 쩔 수 없는 일이잖소."

천극이 떨떠름한 표정으로 양해를 했다.

풍월의 말이 어쩌면 허언이 아닐 수도 있다는 생각을 한 것이다.

풍월은 상황의 심각성에 대해 경고를 했음에도 한가로이 사과나 주고받는 이들의 행동에 천불이 치밀어 올랐다.

"이게 그냥 실수로……."

풍월의 말은 이어질 수가 없었다.

소란스러웠던 비무장에 갑작스러운 침묵이 찾아왔기 때문이다.

동시에 벌떡 일어나는 냉휴상과 두 눈을 부릅뜨고 비틀거리는 천극의 모습이 들어왔다.

풍월이 굳은 표정으로 몸을 돌렸다.

초연과 천종의 비무는 어느새 끝나 있었다.

쓰러져 있는 천종을 잠시 바라본 초연이 검을 거두며 몸을 돌리자 그때까지 경악에 잠겨 있던 관객들이 미친 듯이 환호성을 질렀다.

초연은 관객들의 환호성에 가볍게 예를 표하곤 자신의 자리로 돌아갔다.

초연이 자신의 자리로 돌아간 것을 확인한 북명천가의 식솔들이 침통한 얼굴로 비무대로 향했다.

그들의 무거운 발걸음과 여전히 환호성을 보내는 관객들의 함성을 들으며 풍월은 전신에 소름이 돋는 것을 느꼈다.

지옥연이 어떤 의미인지 비로소 제대로 깨달을 수 있었다.

그때, 이변이 일어났다.

"사, 살아 있습니다."

천종의 시신을 수습하러 간 누군가가 외쳤다.

그의 외침에 그토록 떠들썩하던 비무장에 다시금 침묵이 찾아왔다.

관객들의 시선이 독고유에게 향했다.

과거에도 종종 이런 일이 있었다.

원칙적으로 항복을 하지 않으면 싸움이 끝나지 않지만 천종처럼 정신을 잃은 경우엔 곧바로 패배로 간주했다.

부상자를 치료하는 정무련과는 달리 패천마궁의 후보로 나선 이의 생사는 패천마궁의 궁주에게 넘어간다.

지금까지의 관례는 정신을 차리기 전, 숨통을 끊어버리는 것이었다.

위지청이 독고유 앞으로 나섰다.

명이 떨어지면 이전의 밀은단주들이 했던 것처럼 그가 직접 천종의 목숨을 거둘 것이다.

"하명을……."

한참을 기다려도 아무런 명도 없자 위지청이 조심스레 입을 열었다.

여전히 정신을 차리지 못하고 있는 천종과 자신의 자리로 돌아가 앉아 있는 초연의 모습을 잠시 바라보던 독고유가 턱을 쓰다듬으며 말했다.

"살려라."

첫 대회에서 패천마궁의 궁주가 직접 항복한 비무자의 목을 날려 버린 후, 지금껏 이어져 오던 관례가 깨지는 순간이었다.

"명을 거두어주십시오, 궁주님."

천극이 독고유 앞에 무릎을 꿇었다.

"치욕적인 삶 대신 명예로운 죽음을 내려주십시오."

독고유가 천종을 살리라는 명을 내릴 줄은 상상도 하지 못했던 풍월은 오히려 아들에게 죽음을 내려달라는 천극의 말에 어이가 없었다.

이어지는 독고유의 말이 아니었다면 당장 달려가 주먹을 날릴 뻔했다.

"치욕적일 것도 없다."

"예?"

"지난 대회, 무당파의 속가제자에게 당했던 때와는 양상이 전혀 다르다. 상대가 상대이니만큼 치욕적일 것이 없다는 말이다."

독고유의 시선이 풍월에게 향했다.

"네 말대로다. 강하구나. 제법 강해."

풍월이 대답도 하기 전에 시선을 거둔 독고유가 천극에게 다시 말했다.

"저 아이에게 진 것은 치욕이 아니다."

"하오나……."

"살려라. 본좌의 말을 곧 이해할 수 있을 터이니."

"존명."

천극이 머리 숙여 명을 받았다.

몸을 돌리던 천극이 멈칫하더니 독고유에게 다시금 머리를 숙였다.

"감사… 합니다, 궁주님."

패천마궁과 가문의 체면을 먼저 생각했지만 그 역시 부모였다.

"감사할 것도 없다. 늑대끼리의 싸움에 호랑이를 끼워 넣은 저놈들이 나쁜… 아니군, 어차피 우리도 마찬가진가."

풍월이 독고유의 시선이 자신에게 향하고 있음을 의식하며 쓴웃음을 지을 때 냉휴상이 다가와 물었다.

"저 아이, 만난 적이 있더냐?"

"예, 화산에서 잠시 본 적이 있습니다."

"싸웠느냐?"

"아닙니다. 하지만 강하다는 것은 알 수 있었지요. 솔직히 그때의 저는 승부를 장담할 수 없을 정도였습니다."

풍월의 입에서 승부를 장담할 수 없다는 말이 흘러나오자 냉휴상은 물론이고 주변에서 대화를 듣고 있던 모든 이들이 입을 쩍 벌렸다.

"네 말이 맞는 것 같기도 하다. 천종의 공격을 끊어내고 단 한 번의 반격으로 녀석의 몸에 치명타를 안기는 일련의 동작들이 소름 끼치도록 정확하고 빨랐다. 노부라도 어찌 피해야 할지 고심을 해야 할 만큼. 궁주님 말씀대로 늑대들 싸움에 호랑이가 낀 셈이야. 네놈처럼."

"더 놀라운 사실은 당시 그녀와 함께 있던……."

풍월이 당시 초연과는 비교도 되지 않을 정도로 엄청난 존재감과 충격을 안겨줬던 초무량이란 노인을 언급하려 할 때였다.

정무련 측에서 두 번째 비무자가 모습을 드러냈다.

관객들이 환호성을 받으며 등장한 사람은 풍월도 익히 아는 얼굴이었다.

화산검회의 우승자인 운현이었다.

당당히 비무대를 향해 걷는 운현의 모습에 풍월은 한숨을 내쉬었다.

지금도 어째서 그가 구파일방의 뭇 후보들을 이겨내고 화평연의 비무자로 나서게 된 것인지 이해가 되지 않았다.

운현이 상대한 구파일방의 후보들이 어떤 실력을 지녔기에 통과한 것인지 알 수는 없지만 화산검회에서 만났을 때의 실력을 감안하자면 패천마궁의 동료들 중 누구도 그보다 약한 사람이 없었다.

동료들 중 가장 약한 것으로 평가받는 남천밀가의 몽연화도 운현보다는 훨씬 강했다.

운현이 비무대에 오르자 순후가 황웅을 불렀다.

"네 차례다."

"맡겨주십시오."

힘차게 외친 황웅이 풍월을 힐끗 바라본 후 몇 마디를 덧붙였다.

"화산의 검 따위는 철저하게 뭉개 버리겠습니다."

풍월은 황웅의 어설픈 도발 따위는 신경도 쓰지 않았다. 그저 운현이 어떤 실력을 보여줄지 궁금할 뿐이었다.

비무대에 오른 황웅이 운현을 향해 패천지동에서 얻은 도를 곧추세웠다.

"난 참 운이 좋아. 다른 누구의 손도 아닌 바로 내 손으로 화산의 검을 뭉개 버릴 수 있어서 말이야."

황웅의 음성과 웃음엔 섬뜩한 살기가 어려 있었다.

"말이 많군. 패천마궁 놈들은 칼이 아니라 입으로 비무를 하나?"

운현이 비웃음과 함께 한 걸음 내디뎠다.

날카로운 파공성과 함께 검이 춤을 췄다.

순식간에 주변을 가득 메운 매화가 황웅의 요혈을 노리며 짓쳐들었다.

온 천하를 가득 메운 매화의 모습은 참으로 아름다웠다. 하지만 그것은 곁에서 지켜보는 사람의 입장에서 그런 것이지 정작 그 매화가 뿌리는 살기에 노출된 사람은 한가롭게 매화를 구경할 여유가 없었다.

황웅이 침착히 칼을 휘둘렀다.

화산의 검이 생각했던 것보다 더욱 화려하고 매서웠으나 막을 수 없다는 생각은 눈곱만큼도 들지 않았다.

황웅의 칼이 사선으로 움직이고 칼에서 뻗어나간 강기가 그를 향해 달려들던 매화들을 흔적도 없이 소멸시키며 앞으로 뻗어나갔다.

허공을 가득 메웠던 매화들이 순식간에 사라지고 운현의 몸이 강맹한 힘 앞에 그대로 노출되었다.

한데 그 순간, 운현의 신형이 흐릿해지고 황웅의 공격이 헛되이 허공을 갈랐다.

황웅이 이를 부득 갈며 자세를 바로 할 때, 어느새 그의 좌측으로 돌아간 운현이 검을 찔러왔다.

예기치 않은 허점을 노출했지만 어릴 적부터 무수한 수련과 대련으로 단련시켜 온 본능은 이미 칼을 들어 운현의 검을 막아내고 있었다.

하지만 운현의 검은 그가 지금껏 알고 있던 화산의 검보다 훨씬 빨랐다.

황웅의 칼이 허점을 드러낸 옆구리를 채 막기도 전에 운현의 검이 방어선을 지나 날카롭게 파고들었다.

경악한 황웅이 칼로 막는 것을 포기하고 황급히 몸을 틀었으나 매화일첨이란 초식은 매화검법에서도 날카롭기가 으뜸인 초식이다.

화끈한 느낌이 옆구리에서 전해졌다.

황웅의 얼굴이 고통으로 일그러졌다.

다소 반응이 늦긴 했어도 제때에 몸을 튼 덕분에 치명상은
면했다.

그래도 움직일 때마다 피가 울컥울컥 쏟아져 나올 정도의
큰 부상이었다.

기회를 잡은 운현은 아예 끝장을 보겠다는 듯 빙글 몸을
돌리며 재차 검을 휘둘렀다.

큰 부상을 당한 황웅이 막기엔 버거울 정도로 빠르며 날카
로운 공격.

그런데 금방이라도 황웅의 몸을 관통할 것 같았던 검이
돌연 방향을 바꾸고 빠르게 돌진하던 운현의 신형이 갑자
기 멈추며 전진할 때보다 훨씬 빠른 움직임으로 후퇴를 했
다.

동시에 유령처럼 모습을 드러낸 칼이 후퇴하는 운현의 허벅
지를 스치며 지나갔다.

황웅은 회심의 일격이 아쉽게 빗나가는 것에 안타까워할
틈도 없이 몸을 날렸다.

허공에 도약한 황웅이 맹렬한 기세로 칼을 휘둘렀다.

순간, 그의 칼이 번개 형상을 그리며 내리꽂혔다.

운현도 피하지 않고 매화검법의 절초 매화만천으로 맞섰
다.

비무장과 한참 동떨어진 전각 위에서 싸움을 지켜보던 관

객도 확연히 느낄 수 있을 정도의 충격파가 사방으로 휘몰아 쳤다.

충돌의 여파가 어느 정도 가신 후, 관객들은 황웅의 공격을 무사히 막아내기는 했으나 기세를 감당하지 못하고 힘겹게 물러나는 운현의 모습을 볼 수 있었다.

누가 봐도 황웅의 우위였다.

겉으로 보이는 모습은 분명 그랬다.

황웅의 신형이 빠르게 접근했다.

황웅이 휘두른 칼이 날카로운 파공성과 함께 운현의 목을 노리며 짓쳐들었다.

적룡십이세의 절초인 적룡번천이다.

운현이 곧바로 반응했다.

운현의 검이 횡으로 움직이다 갑자기 사선으로 치솟으며 기묘한 변화를 일으켰다.

심각한 표정으로 두 사람의 대결을 지켜보던 풍월의 눈에 이채가 흘렀다.

운현의 실력이 화산검회 때보다 진일보한 것도 놀라웠지만, 무엇보다 그가 사용하는 매화검법에서 검선 할아버지의 향기 가 물씬 풍겼기 때문이다.

'할아버지가 화산에 남기신 것을 제대로 연구했구나.'

단순한 매화검법이 아니라 화산검선이 실전 경험을 토대로 보안한 매화검법은 이전의 매화검법과는 그 위력 면에서 천양 지차였다.

운현의 진일보한 실력과 어떻게 치열한 경쟁을 뚫고 화평연의 비무대회에 나설 수 있는지 조금은 이해가 됐다.

검 끝에서 섬뜩한 검기가 뿜어져 나왔다.

파스스슷!

날카로운 파공성, 살을 에는 듯한 한기가 그와 황웅의 주변을 휘감기 시작할 때 검기를 타고 매화가 흩날렸다.

"끝을 보자!"

이를 악문 황웅의 도가 무시무시한 힘과 속도로 운현을 베어갔다.

사방에 흩날리는 매화를 뚫고 한줄기 벼락이 내리꽂히는 듯한 느낌.

도가 움직이는 궤적 안의 모든 매화가 먼지처럼 사라지고 도에서 뿜어져 나온 뜨거운 열기가 비무대를 삼켰다.

적룡십이세의 마지막 초식이자 지금의 적룡무가를 만들었다고 해도 과언이 아닌, 절대적인 파괴력을 지닌 적룡분화(赤龍焚火)다.

운현의 표정이 더없이 심각해졌다.

본능적으로 이번 공방에서 모든 것이 결정되리라 느꼈다.

상대가 제대로 승부를 걸었으니 자신 역시 목숨을 걸어야

했다.

운현의 검이 부드럽게 회전했다.

유능제강의 묘리를 담은 매화비류다.

검의 회전을 따라 움직이는 검기가 황웅이 뿜어낸 기운을 교묘히 상쇄시켰다.

하지만 아무리 상쇄를 한다고 해도 힘의 차이가 극명한 터라 그 여파가 상당했다.

운현의 낯빛이 대번에 창백해지고 입가에 핏물이 흐르는 것으로 보아 적지 않은 내상을 당한 것 같았다.

힘겹게 공격을 막아낸 운현의 반격이 곧바로 이어졌다.

운현이 뻗은 검이 무수한 변초를 만들어내며 황웅을 압박했다.

마치 수십 개의 검이 저마다의 움직임을 보이며 황웅을 공격하는 모습에 지켜보던 이들 모두 놀라움을 감추지 못했다.

황웅의 얼굴이 제대로 일그러졌다.

회심의 일격은 허무하게 막히고 오히려 역공을 허용했다.

그 역공이 결코 만만치가 않았다.

주변을 가득 채우며 짓쳐드는 검의 움직임이 전신을 옥죄어 왔다.

밀리면 죽는다는 본능에 재차 도를 움직였다.

온 세상을 태울 것 같은 열기를 담은 도가 운현의 공격에 정면으로 맞섰다.

두 사람의 공방이 허공에서 격렬하게 부딪쳤다.

비무대를 뒤흔드는 거대한 굉음을 뚫고 두 사람이 내뱉은 묵직한 신음이 들려왔다.

잠시 물러났던 두 사람이 약속이라도 한듯 달려들며 검과 도를 휘둘렀다.

승부를 예측할 수 없는 치열한 공방이 한참이나 이어졌다.

황웅과 운현 두 사람 모두 피를 토하면서도 한 걸음도 물러서지 않았다.

아니, 물러설 수 없는 상황이다. 지금 상황에서 조금이라도 물러서면 그대로 끝장이었다.

양패구상이나 다름없는 상황. 한데 바로 그때, 극적인 변화가 일었다.

운현이 매화선풍이란 초식을 펼치며 황웅의 기세를 이화접목의 수법으로 흘려 버린 후, 매화난비를 펼쳤다.

당황하여 물러나는 황웅이 필사적으로 도를 휘둘렀지만 모든 공간을 차단하며 날아든 매화를 밀어내지 못했다.

황웅의 몸 위를 화려하게 피어난 매화가 덮었다.

몸을 덮은 매화가 붉게 물들면서 육중한 황웅의 몸이 서서히 무너져 내렸다.

쿵!

황웅이 앞으로 고꾸라지고 거의 동시에 운현도 자리에 주저앉았다.

무릎을 꿇은 운현이 검붉은 피를 연신 토해냈다. 심각한 내상을 당했음에도 불구하고 최후의 일격을 날리기 위해 무리하게 공력을 운용한 후유증이었다.

족히 두어 달은 정양을 해야 할 부상을 당했음에도 운현은 결국 승리했고, 패배한 황웅은 목숨을 잃었다.

승패가 결정되자 비무장은 이내 거센 함성의 물결에 뒤덮였다.

부상을 당한 운현을 돌보기 위해 화산파 제자들이 비무대에 오르자 적룡무가에서도 황웅의 시신을 수습할 인원이 비무대로 향했다.

양측의 분위기는 그야말로 극과 극이었다.

운현의 승리로 지난 두 차례의 비무대회에서 당했던 망신을 어느 정도는 갚았다고 여긴 화산파는 그야말로 희색이 만연했다.

반면에 그동안의 비무대회에서 꾸준한 활약을 해왔던 적룡무가는 예상치 못한 패배에 더없이 침통한 모습이었다.

풍월은 풍월대로 묘한 기분에 휩싸였다.

운현과는 그다지 좋지 않은 기억이 있었지만 화산은 그래도 화산검선의 사문이었다.

게다가 도진 사숙이나, 청연 사형이 있는 곳이기에 내심 운현의 선전을 기원하기까지 했다.

그런데 막상 시신으로 변해 버린 황웅의 모습을 보자 마음한편이 마치 돌덩이를 올려놓은 것처럼 무거웠다. 누구보다 사이가 좋지 못한 황웅이었음에도 그사이 미운 정이라도 들었던 모양이다.

잠시 후, 산동악가를 대표하는 악위가 비무대에 올랐다.

그를 향해 거센 함성이 쏟아졌다.

비무대를 가득 채우는 박수, 함성과 함께 황웅의 죽음은 금세 잊혀졌다.

악위는 패천마궁 측을 향해 악가를 대표하는 무기라 할 수 있는 장창을 꼬나들고 거만한 자세로 어서 자신의 상대를 비무대에 올리라는 신호를 보냈다.

연이은 패배에 분위기가 극도로 좋지 않았던 패천마궁은 악위의 도발에 금방이라도 폭발할 것 같았다.

반전의 패가 필요했다. 몇몇 사람들이 풍월을 바라봤지만 순후의 선택은 달랐다.

"엽무강."

"예, 군사님."

"네 차례다."

"알겠습니다."

차분히 대꾸한 엽무강이 제 사부와 가볍게 눈인사를 하곤 비무대에 올랐다.

풍월을 제외하고 묵인도와 더불어 가장 강하다고 꼽히는 엽무강이다. 그리고 그는 자신에게 쏟아진 기대를 저버리지 않았다.

악위가 무림일절로 꼽히는 악가창법으로 맹렬히 그를 공격했다.

하지만 엽무강은 마도에서 능히 다섯 손가락 안에 꼽히는 아수라파천검법(阿修羅破天劍法)의 절초들을 능숙하게 사용하며 거의 일방적인 승리를 거뒀다.

특히 악위가 미처 항복할 틈도 주지 않고 그의 숨통을 끊어버린 만겁파천은 아수라파천검법 중에서도 가장 잔인하면서도 포악한 초식으로, 악가의 식솔들이 갈가리 찢긴 악위의 시신을 수습하는 데만 거의 일각의 시간이 걸렸을 정도였다.

첫 승리로 기세를 올린 패천마궁은 이어 나선 여운교까지 승룡검파의 유자걸을 독공으로 제압하며 승부를 원점으로 돌렸다.

초반에 효과적인 기습으로 기선을 잡은 뒤, 이후에도 매섭게 몰아쳐 여운교 몸 곳곳에 크고 작은 상처를 남길 때만 해도 큰 이변이 없는 한 유자걸의 무난한 승리가 예상됐다.

하지만 단 한 번의 실수, 정확히 말하자면 다소 성급하게 승부를 끝내려던 유자걸이 맹공을 펼치다가 허용하고 만 별것 아닌 상처가 승부를 갈랐다.

미세한 상처를 통해 유자걸의 몸으로 파고든 독은 만독방이 어째서 사천당가와 어깨를 나란히 하는지 군산에 모인 모든 사람들에게 똑똑히 보여줬다.

상처를 통해 몸속으로 파고든 독에 의해 유자걸은 다섯 걸음을 채 옮기기도 전에 검을 떨어뜨렸고 아홉 걸음째 칠공에서 피를 흘리며 쓰러졌다.

바닥에 쓰러진 유자걸은 고통에 몸부림치며 자신의 몸을 마구 할퀴고 뜯었다. 온몸의 살점이 뜯겨 나가고 사지가 괴이하게 뒤틀렸다.

여운교가 차가운 미소를 지으며 몸을 돌렸을 때 유자걸은 눈으로 보기 힘들 정도로 처참한 모습으로 숨이 끊어졌다.

이전 세 차례의 비무에서도 피가 튀는 혈전이 벌어졌고 두 명이나 목숨을 잃었음에도 놀라기는커녕 오히려 거센 환호성을 지르며 죽음의 비무를 즐겼던 관객들도 이때만큼은 침묵을 지켰다.

유자걸이 죽음에 이르는 그 짧은 과정이 너무도 끔찍하고 충격적이기 때문이었다.

유자걸의 처절한 죽음에 분노한 것인지 정무련에서 사천당가의 당령을 내보냈다.

순후는 고심했다.

초연만큼이나 당령 역시 실력이 제대로 파악되지 않았기 때문이다.

암기술이 확실히 뛰어나다는 것은 분명했으나 어느 정도의 독공을 지니고 있는지 전혀 알려진 바가 없었다.

고심을 거듭하던 순후가 남천밀가의 몽연화를 비무대에 올렸다.

한때 무림을 공포로 물들였던 환희밀교의 한 갈래답게 남천밀가의 환술은 패천마궁에서도 독보적이었다.

몽연화는 남천밀가에서도 가장 기대를 하고 있는 재녀로 그녀가 펼친 환술에 풍천뇌가의 후기지수 뇌운이 벌거벗은 상태로 미친 듯이 춤을 춘 일화는 지금도 종종 술자리에 등장할 정도로 유명한 일화였다.

몽연화는 순후의 기대를 저버리지 않았다. 당령이 그녀의 환술에 빠져 허우적거릴 때만 해도 누구도 그녀의 승리를 의심치 않았다.

하지만 여운교가 그랬듯 당령에게도 회심의 한 수가 있었다.

환술에 정신을 잃기 직전, 스스로 입술을 깨물어 찰나의 시간에 불과하지만 맑은 정신을 찾은 당령이 왼손을 앞으로 뻗더니 오른손 수도로 팔뚝에서 손목까지를 빠르게 훑었다.

팔뚝까지 올라온 장갑에 가려졌던 암기가 장갑을 뚫고 빛살처럼 쏘아졌다.

그녀의 주변을 겹겹이 에워싸고 있는 온갖 환영들마저 간단히 뚫어내 암기들이 몽연화에게 향했다.

뒤늦게 이를 알아챈 몽연화가 황급히 피하려 하였으나 당가에서 이번 대회를 위해 그녀에게 안배한 암기였다.

삼대금용암기 중 혈루비를 응용하여 만든 것으로 살상 범위가 넓은 혈루비에 비해 살상 범위나 파괴력을 확 줄이긴 하였으나 몽연화가 감당할 수 있는 것이 아니었다.

암기에 당한 몽연화는 칠공에서 피를 쏟아내며 비틀거렸다.

특히 혈루비의 특성답게 눈에서 엄청난 피눈물을 흘리며 무너졌는데 여운교의 독에 당했던 유자걸처럼 끔찍한 고통에 시달리지 않고 순식간에 목숨을 잃은 것이 그나마 다행이라면 다행이었다.

당령의 선전으로 패천마궁으로 쏠리던 기세를 겨우 돌린 정무련, 승기를 이어가기 위해 개방의 후개 구양봉이란 패를 내밀었다.

구양봉이 얼마나 손때가 탔는지 검다 못해 광이 반들거리는 지팡이 하나와 표주박으로 만든 술병을 흔들며 비무대에 오르자 순후의 시선이 풍월에게 향했다.

초연이 나타나기 전, 묵영단의 분석에 의하면 정무련의 가장 강력한 패는 소림사의 공각과 남궁세가의 남궁휴, 그리고 개방의 후개 구양봉이었다. 그리고 순후는 풍월의 상대로 구양봉을 낙점했다.

이유는 간단했다.

어린 나이부터 온갖 경험을 쌓으며 명성을 날린 구양봉은 패천마궁의 그 누구도 상대하기가 만만치 않았다. 승리를 장담할 수 있는 사람은 오직 풍월뿐이었다.

게다가 패천마궁에서 올려 보낸 선수가 구양봉에게 패하는 것도 문제였지만 만약 승리를 거둔다면 그것도 큰 문제였다.

구양봉이 단순히 패하는 선에서 끝나면 다행이겠으나 싸움이 격렬해지면 어떤 상황이 벌어질지는 예측할 수 없는 법.

만약 그가 회복키 힘든 부상이나 목숨을 잃는 상황이 벌어진다면 풍월이 어떻게 나올지 솔직히 가늠이 되지 않았다.

결국 풍월과 의형제를 맺었다는 사실 앞에선 선택의 여지는 없었다.

구양봉이 비무대에 오르자 별다른 언급이 없었음에도 풍월이 자리를 박차고 일어났다.

비무대회가 시작하기 전, 순후로부터 구양봉의 상대는 자신이라는 것을 이미 언질 받은 터라 기다릴 이유가 없었다.

"제길, 혹시나 했는데 역시나네."

구양봉이 풍월을 보며 인상을 찌푸렸다. 하지만 딱히 기분이 나쁘거나 걱정하는 표정은 아니었다. 말투에 담긴 감정은 오히려 반가움이었다.

"혹시나는 무슨. 정무련에서 먼저 후보를 올리게 되어 있는 이상 형님이 나랑 붙는 건 처음부터 정해진 거였어. 사실 우리 입장에서 그게 제일 낫잖아."

"그렇긴 하다. 우리의 입장이 조금 애매하긴 해. 흐흐흐!"

"그러니까."

"살살해라. 뭐, 난 최선을 다할란다. 그래 봤자 이길 확률이 눈곱만큼도 없다는 걸 알지만."

"봐서."

구양봉과 풍월이 서로를 보며 웃었다.

두 사람 사이에 피어나는 화기애애한 분위기에 양측 진영의 분위기는 생각보다 좋지 않았다. 지금껏 서로의 목숨을 빼앗지 못해 안달하던 이들의 모습만 보아오던 관객들 역시 어리둥절할 수밖에 없었다.

주변의 반응과는 상관없이 구양봉이 손에 든 술병을 단숨에 비우는 것으로 두 사람의 대결은 시작됐다.

제40장

좌검우도(左劍右刀)

　처음 서너 번의 공방은 그저 가볍게 안부를 묻는 수준이었다.

　빠르지도 않았고 위력도 없는 것이 이제 막 무공을 익힌 아이들이 손발을 맞춰가며 투닥거리는 것 같았다.

　한 치도 눈을 돌릴 수 없을 정도로 숨 막히게 이어졌던 이전 대결들과 비교해 장난과도 같은 비무에 관객들이 웅성거리기 시작했다.

　곳곳에서 야유가 쏟아졌다.

　두 사람은 아랑곳하지 않았다. 여전히 합을 맞춘 듯한 형식적인 비무를 이어갔다.

변화는 구양봉으로부터 느린 듯 빠르게 다가왔다.

일반 술보다 족히 수십 배는 독한 주정을 단숨에 들이켜서 그런지 낯빛은 불콰해지고 눈동자도 제대로 풀렸다.

어느새 흔들거리는 몸하며 걸음걸이도 제멋대로였다.

개방을 대표하는 취란보(醉亂步)다.

취란보도 일정한 형식이 있고 보로가 있다.

꽤나 빠르고 변화가 심한 보법이다.

하지만 절세의 보법이라고 칭하기엔 다소 무리가 있었다. 그런 취란보가 개방을 대표하는, 아니, 무림에서도 손꼽히는 보법으로 인정받게 된 것은 움직임을 전혀 예측할 수가 없어서다.

특히 지금의 구양봉처럼 완전히 취한 상태에서 취란보를 펼쳤을 땐 상대는 지금껏 접했던 취란보와는 전혀 다른 취란보를 만날 수 있었다.

일단 형과 식이 사라지고 보로도 일정치 않게 변한다.

시전하는 사람조차 자신이 어떤 식으로 보법을 펼치고 있는지 알지 못한다.

그저 발걸음이 움직이는 대로 몸을 맡길 뿐이다. 그런 불규칙성 때문에 취란보의 움직임은 더욱 극적으로 변하고 상대하기 까다롭게 변한다.

'확실히 대단하네. 뭐가 이래?'

풍월은 쓰러질 듯 쓰러지지 않고 비틀거리면서도 묘하게 파고드는 구양봉의 움직임에 상당히 놀라고 있었다.

'빠르고 현란한 보법은 많지만 무림에서 가장 지랄 맞은 보법을 뽑으라면 개방의 취란보를 뽑겠다.'

할아버지들이 이구동성으로 말한 의미를 이제야 이해할 수 있었다.

확실히 그랬다.

세상에 어떤 보법이 시전자의 머리를 땅에 처박히게 만들면서 공격을 하고, 엉덩방아를 찧다 못해 바닥을 데굴데굴 구르며 방어를 하게 만든단 말인가.

미친개처럼 달려들다가도 꽃을 찾아 날아다니는 나비처럼 춤을 추며 물러가고, 말벌의 침처럼 날카롭게 파고드는가 싶으면 공격을 끝맺지도 못하고 제풀에 고꾸라진다.

속된 말로 어느 장단에 맞춰야 할지 가늠이 되지 않는 상황.

한데 놀라운 것은 구양봉의 손에 들린 지팡이가 그 말도 안 되는 움직임과 완벽하게 동화되어 신들리게 춤을 춘다는 것이다.

풍월은 무림에서도 손꼽히는 취란보와 타구봉법을 제대로 견식하고 싶었기에 구양봉이 마음껏 실력을 발휘할 수 있도록 배려했다.

그 바람에 관객들이 보기에 일방적이라 할 수 있을 정도로 밀리고 또 밀렸다. 가끔이기는 하나 지팡이에 몇 대 맞기까지 했다.

하지만 알 만한 사람은 다 알고 있었다. 지금껏 풍월은 그저 소극적으로 방어만 하고 있을 뿐 단 한 번도 반격다운 반격을 하지 않았다는 것을.

그렇게 일각의 시간이 흘렀다.

여전히 지친 기색 없이 맹렬하게 지팡이를 휘두르며 달려드는 구양봉을 바라보는 풍월의 눈빛이 살짝 변했다.

속도는 빠르지 않았다.

하지만 취란보의 움직임은 단순히 빠르지 않다고 하여 예측할 수 있는 것이 아니었다.

풍월의 머리를 향해 짓쳐들던 지팡이가 묵뢰에 의해 가로막히자 곧바로 수십 개로 분리되며 풍월의 전신을 노렸다.

봉타쌍견(棒打雙犬)이란 초식에 이은 육타비구(六打飛狗)다.

육타비구는 타구봉법의 절초 중 하나로 한 번 봉을 휘둘러 여섯 번을 연속적으로 타격할 수 있는 초식이었다.

풍월이 뇌운보를 펼쳤다.

구양봉의 지팡이가 풍월의 잔상을 후려칠 때 그의 좌측으로 꺾여 움직인 풍월이 묵뢰를 뻗었다.

섬전보다 빠른 움직임이었지만, 구양봉 역시 기민한 반응을 보여줬다.

주저앉다시피 하며 몸을 빼고 기묘하게 뒤틀린 자세에도 지팡이를 휘둘렀다.

딱! 딱! 딱! 딱!

구양봉이 휘두른 지팡이가 묵뢰를 두들겼다.

풍월이 급격하게 뒤로 물러나며 묵뢰를 던졌다.

풍뢰도법 사초 비도풍뢰다.

구양봉은 섬뜩한 기운이 자신을 향해 짓쳐 오자 그대로 몸을 틀었다.

꽝!

지팡이가 풍월이 날린 묵뢰와 부딪치며 그대로 부러졌다.

허공에 도약한 풍월이 구양봉의 지팡이를 날려 버리고 돌아온 묵뢰를 크게 휘둘렀다.

묵뢰에서 발출된 도기가 비틀거리는 구양봉을 향해 쇄도했다.

구양봉이 다급하게 몸을 틀다가 아예 뒤로 누웠다.

꽝! 꽝! 꽝!

구양봉의 몸을 아슬아슬하게 스쳐 지나간 도기가 바닥에 작렬하며 폭음을 터뜨렸다.

"이 형을 죽이려는 게냐!"

구양봉이 앓는 소리를 내며 간신히 자세를 바로 했다.

하지만 그는 알고 있었다.

만약 풍월이 도기에 살기를 담아 진심으로 자신을 노렸다면 결코 살아남을 수가 없었음을.

"이제 끝내야지."

풍월이 웃으며 다가왔다.

"아직이다."

이를 악문 구양봉이 급격히 몸을 틀며 손을 뻗었다.

강룡십팔장의 절초라는 비룡재천이다.

풍월도 피하지 않고 주먹을 내질렀다.

꽝!

충돌과 함께 무릎을 굽힌 구양봉이 그 반발력을 이용해 무서운 속도로 풍월의 품을 파고들었다. 그러고는 전력을 다해 쌍장을 날렸다.

강룡십팔장 최고의 절초라는 신룡출해다.

풍월은 호신강기를 일으켜 몸을 보호하고 묵뢰를 놓아버린 후, 양팔을 교차하며 충격에 대비했다.

꽝!

거대한 충돌음과 함께 풍월의 몸이 팔을 교차한 자세 그대로 붕 떴다.

무려 이장이나 날아간 풍월이 자세를 바로 하며 혹시 모를 공격에 대비했지만 구양봉은 아무런 움직임도 없었다.

"후아."

풍월이 짙은 숨을 내뱉었다.

양팔과 호신강기로 몸을 보호했음에도 꽤나 큰 충격이 느껴졌다.

'일전에 듣기로 강룡십팔장의 화후가 고작 팔성 정도였다고 했다. 그나마도 제대로 시전할 내력이 부족하다고 했던가. 그런데도 이런 위력이라니 진짜 대단하네.'

풍월은 단 두 번의 공방을 통해 개방의 강룡십팔장이 무림에서 어째서 그리 대단한 평가를 받고 있는지 똑똑히 알 수 있었다.

뇌격권도 꽤나 뛰어난 권법으로 알려졌지만 강룡십팔장에 비할 바가 아니었다.

그나마 구양봉의 수준이 낮았기에 감당을 했던 것이지 화후가 조금만 더 깊었거나 내력이 충분히 뒷받침되었다면 지금과는 비교도 되지 않을 정도로 큰 타격을 받았을 터였다.

"이제 내 차례지?"

가볍게 웃은 풍월이 아직도 거친 숨을 내쉬고 있는 구양봉을 향해 걸었다.

손을 뻗자 땅에 떨어졌던 묵뢰가 손으로 빨려들어 왔다.

풍월이 묵뢰를 막 움직이려는 찰나, 구양봉이 털썩 주저앉으며 손을 들었다.

"졌다."

"진짜?"

"방금이 마지막이었어. 한 줌의 기력까지 쥐어짰다. 이제는 손가락 까딱할 힘도 없어."

"흠, 확실히 위협적인 공격이긴 했어."

풍월이 주저앉은 구양봉을 향해 손을 뻗었다.

"일전에 항주에서 비무를 했을 때보다 더 강해졌는데."

"그래? 난 잘 모르겠다. 아, 취란보 때문에 그런 거 아냐? 그때는 맨정신에 싸웠던 거고."

"그랬을 수도 있겠네. 확실히 지랄 맞은 보법이야."

"나도 싫다. 주정을 배 속에 들이붓고 억지로 술에 취한다는 게 얼마나 고역인 줄 아냐?"

"그래 보이네. 생각만으로도 끔찍해."

풍월이 오만상을 찌푸렸다.

"야, 그만 들어가자. 분위기 안 좋다."

구양봉이 술렁이는 관객들과 싸늘하게 자신들을 노려보는

양측 진영의 분위기를 의식하곤 조용히 말했다.

그나마 관객들은 개방 무공의 진수를 마음껏 구경했고 풍월의 압도적인 강함을 어느 정도는 느끼고 있었기에 적당히 술렁이는 선에서 끝났지만 양측 진영에선 두 사람의 화기애애한 분위기를 아주 경멸하는 눈초리로 바라보고 있었다.

"안 좋을 건 또 뭐야? 우리가 칼부림하면서 피를 보기를 원했던 모양이지. 지랄! 형님은 뭘 그런 것까지 눈치를 봐?"

"속 편한 소리 하네. 내가 너하고 같냐? 암튼 어서 들어가. 조금 이따 보자고."

구양봉이 풍월의 등을 탁탁 치며 몸을 돌렸다.

풍월도 자기 자리로 돌아왔다.

그의 승리를 절대적으로 확신하고 있어서 그런지 아니면 구양봉을 살려둬서 그런 것인지 이전 동료들이 승리를 거두고 들어왔을 때만큼의 환대는 없었다.

오히려 노골적으로 싫어하는 기색을 보인 사람들이 대부분이었다.

특히 몽연화와 묘한 기류를 보였던 잠영루의 연리승 같은 경우 직접적으로 항의를 했다.

"황웅과 몽연화가 처참하게 목숨을 잃었다. 복수를 해야 하는 거 아냐?"

풍월이 어이없다는 얼굴로 물었다.

"복수? 그렇게 따지면 저쪽도 마찬가지 같은데."

"넌 정무련이 아니라 패천마궁을 대표해서 나선 거다. 네가 비무대회 자체를 싫어한다는 건 안다. 애당초 참가를 하지 않으려 했다는 것도 알고. 하지만 비무대회에 나서게 된 이상 최선을 다해야 하는 거 아니냐고."

"최선을 다한다라. 단순히 이긴 것으로 부족하다는 말로 들리네. 상대를 죽였어야 했다는 거냐?"

풍월의 시선이 차가워졌다.

이를 느끼지 못한 연리승이 당연하다는 듯 고개를 끄덕였다.

"피는 피로써 갚아줘야 한다. 애당초 화평연의 비무대회는 그런 것이었으니까."

풍월이 피식 웃었다.

"네가 지금 무슨 말을 하는지 모르지?"

"무슨 소리야?"

연리승이 신경질적으로 되물었다.

"네가 죽이라고 하는 저 사람이 바로 내 의형이다."

"……."

"왜? 의형이고 나발이고 적이니까 죽여야 한다고 생각하는 거냐?"

풍월의 물음에 연리승은 아무런 대꾸도 하지 않았다. 하지만 분노가 가득 담긴 눈으로 풍월을 쏘아보는 것이 그에 대한 불만이 여전하다는 것을 보여줬다.

그때, 순후가 연리승을 불렀다.

"거기까지. 연리승, 네가 분노를 풀 상대는 저기다."

비무대엔 어느새 서문세가의 장자 서문휘가 올라와 있었다.

순후가 자신을 호명하자 잠시 동안 풍월을 노려보던 연리승이 몸을 돌렸다.

풍월은 비무대에 올라 있는 서문휘와 비무대로 향하고 있는 연리승을 바라보며 한숨을 내쉬었다.

특히 서문휘를 바라보는 풍월의 눈빛은 복잡했다.

어찌 보면 원수의 아들이다. 그러나 자신의 부모가, 가문의 어른들이 무슨 짓을 했는지 제대로 알지도 못하는 불쌍한 인물이기도 했다.

사실상 남남이 되어버린 지금, 인성이 개판이라면 아예 신경을 끊으면 그만이겠지만 잠깐이나마 겪은 그의 심성이 꽤나 올곧고 바르다는 것을 알기에 자꾸 마음이 쓰였다.

따지고 보면 서문세가에서 할머니와 사촌동생을 데리고 무사히 빠져나올 수 있었던 것도 식솔들을 다치게 한 책임을 바로 묻지 않고 일단 세가를 떠나 할머니의 처소로 갈 수 있도록 배려해 준 그의 덕이기도 했다.

그렇다고 무작정 서문휘를 응원할 수도 없었다. 미우나 고우나 연리승 역시 그의 동료였고 패배를 한다 해도 나름 융통성이 있는 정무련과는 달리 패천마궁의 대표로서 패배는 곧 그의 죽음이었기 때문이다.

풍월의 답답한 심경과는 별도로 두 사람의 대결은 한 치 앞도 예측할 수 없을 정도로 치열하게 펼쳐졌고 그 어떤 대결보다 오랜 시간 동안 이어졌다.

하지만 반 시진이 넘게 이어진 대결은 서문휘가 동귀어진을 불사하고 달려드는 연리승의 공격을 힘겹게 피해내고 치명적인 타격을 안기는 데 성공하면서 승자가 갈렸다.

금방이라도 숨이 끊어져도 무방할 부상을 당했으면서도 끝까지 항복하지 않고 대결을 이어간 연리승은 결국 앞서 당한 부상을 이기지 못하고 숨이 끊어졌다.

서문휘와 연리승의 실력을 비교했을 때 연리승의 승리를 예상했던 패천마궁의 입장에선 그야말로 청천벽력과 같은 결과였다.

정무련에 남은 패는 최강이라 할 수 있는 소림사의 공각과 무당의 일선, 그리고 남궁세가의 남궁휴다. 반면에 패천마궁에서 내보일 수 있는 사람은 묵인도와 용악군, 녹림에서 온 유연청뿐이었다.

연리승이 승리를 해줘야 남은 세 사람 중 한 명만 승리를 거둬도 최소한 동률을 이룰 수 있다. 그리고 동률이라면 마지막 대표로서 풍월을 내보낼 수 있기에 필승이라 자신했다.

한데 믿었던 연리승이 패하며 모든 것이 어긋났다.

고심하던 순후는 앞서 나온 공각의 상대로 용악군을 내보냈고 남궁휴의 상대로 유연청을, 마지막 일선의 상대를 묵인도로 결정했다.

용악군은 어차피 버리는 패였고 남궁휴라는 강적을 만나는 유연청이 황산척을 꺾었을 때처럼 예상치 못한 실력만 보여줘 승리를 해준다면 묵인도까지 그 승기를 이어갈 수 있다고 판단한 것이다.

순후의 판단은 제대로 적중했다.

용악군은 자신이 할 수 있는 최선을 다해 공각을 상대했으나 결국 꺾지 못하고 패하고 말았다.

그런데 유연청이 남궁세가의 떠오르는 신성 남궁휴와 무려 삼백여 초에 이르는 접전을 펼치며 양패구상이라는 엄청난 선전을 펼쳤다.

유연청의 선전에 자극을 받은 것인지 묵인도마저 자신의 한계를 훌쩍 뛰어넘는 실력을 보이며 무당의 일선을 꺾는 쾌거를 만들어내니 남궁휴와 유연청의 양패구상을 제외하고 승패가 동률인 상황이 되어버렸다.

결국 순후가 그린 그림이 완성된 것이다.

비무대에 오른 사마세가의 가주, 사마연이 대장전을 선언하자 비무장은 그야말로 광란의 도가니로 변했다.

관객들은 양측의 대장으로 누가 나설까 저마다 예측을 하며 흥분을 감추지 못했다.

"자네가 나서줘야겠네."

순후가 풍월을 불렀다.

"약속이니 지켜야겠지요."

흔쾌히 고개를 끄덕인 풍월이 고개를 돌려 사문 어른들의 도움을 받아 힘겹게 운기조식을 하고 있는 용악군을 바라보았다.

공각에게 패하며 정신을 잃는 순간, 용악군의 죽음은 예정된 것이었다.

하지만 계속되는 동료들의 죽음에 마음이 무거웠던 풍월이 그의 죽음을 막았다.

순후가 비무대회를 대장전으로 끌고 가려 한다는 것을 눈치챈 풍월은 비무대회에 참가하여 구양봉을 꺾은 것으로 자신은 패천마궁의 대표로서 할 도리는 다했고, 독고유와의 약속도 지켰다고 주장했다.

당황하는 순후를 향해 풍월은 혹시라도 자신을 대장전에 출전시킬 생각이라면 용악군을 살리라는 조건을 내걸었다.

순후는 풍월의 주장에 그간의 형평성을 들어 질색을 하였지만 딱히 다른 대안이 없었다.

공각만 하더라도 쉽지 않았고, 단 일초식만으로 천종을 날려 버린 초연의 실력은 풍월이 아니면 감당할 사람이 없었다.

결국 패천마궁의 승리를 위해서라도 풍월이 내건 조건을 받아들일 수밖에 없었던 순후는 독고유의 허락을 받아 용악군을 살리는 데 동의했다.

이미 목숨을 잃은 자들과 관련된 사람들이 노골적으로 불만을 표시하기는 했지만 대다수의 무인들은 용악군을 살리려는 풍월의 노력에 상당히 우호적인 반응을 보였다.

다만, 그럼에도 불구하고 패천마궁 전체를 대표하는 대장전에 어찌 보면 외부 인사라 할 수 있는 풍월이 낙점되는 상황을 못내 아쉽고 답답하게 생각했다.

풍월이 비무대로 올라가자 커다란 함성이 뒤따랐다.

관객들은 다른 대결에 비해 화끈한 맛은 적었지만 풍월이 구양봉이 펼친 취란보와 타구봉법을 무력화시킨 것을 똑똑히 기억하고 있었다.

무엇보다 패천마궁에서 풍월을 대장전에 내세웠다는 것은 자신들이 미처 보지 못한 무엇인가가 있다는 것을 의미했고, 게다가 그쯤에서 관객들 사이에 풍월이 화산검회를 난장판으로 만든 화산괴룡이란 말들이 오가면서 기대감은 더욱 증폭됐다.

대장전이 결정되자 곧바로 풍월을 비무대에 올린 패천마궁과는 달리 정무련에선 대장전에 누구를 내세워야 할지 쉽게 합의를 보지 못하고 있었다.

정무련주 남궁무백은 당연히 초연이 나서야 한다고 주장했지만, 무당파의 장로이자 정무련 부련주란 지위를 가지고 있는 무학 진인을 비롯하여 정무련을 좌지우지하는 실세들은 아직 실력이 완벽하게 증명되지 않은 초연보다는 공각이 대표로 나서야 한다고 주장했다.

오랜 갑론을박 끝에 결국 공각이 정무련의 대표로 비무대에 오르게 되었다.

남궁무백이 끝까지 자신의 주장을 꺾지 않았지만 사실상 명예직이라 할 수 있는 정무련 련주라는 지위는 그의 주장을 관철시키는 데 별다른 도움이 되지 못했다.

부련주를 비롯한 정무련의 핵심 수뇌들은 혁련세가의 후보를 꺾은 뒤 화평연에 참가할 자격을 얻고 선봉으로 나서 패천마궁의 대표까지 꺾었지만 그것만으론 초연의 실력을 확실하게 믿기가 힘들었고, 그녀보다는 현 소림사의 방장 광료대사의 사손으로 소림사에서 심혈을 기울여 키우고 있는 공각이 보다 안정적인 실력을 보여줄 것이란 주장을 펼치며 끝내 관철시켰다.

하지만 그것은 핑계에 불과했다.

남궁무백만 초연의 실력을 간파한 것은 아니었다. 정무련의 수뇌들은 물론이고 각 문파의 수장쯤 되는 인물들이 초연의 실력을 못 알아볼 리가 없었다.

단지 출신 성분도 정확하지 않은 그녀를 정무련의 대표로 내세우자니 자존심과 체면이 용납하지 않은 것이다.

거기엔 초연이 나선다고 하더라도 풍월에게 승리를 거둘 가능성이 없다는 판단도 한몫했다.

초연이 풍월에게 승리할 가능성이 높다면 모를까, 누가 나서도 패할 수밖에 없는 상황에서 굳이 그녀를 대표로 할 이유가 없었다.

비록 패배한다 하더라도 대장전에 나서는 것 자체가 영광이기 때문이었다.

초연은 반발하지 않았다. 수뇌들의 결정을 담담히 받아들였다.

공각이 정무련을 대표해 비무대에 올랐을 때 관객들도 크게 반발하지 않았다.

초연이 압도적인 실력으로 천종을 누르긴 했지만 그녀의 실력이 어느 정돈지 정확히 눈치챈 관객은 거의 없었다.

특히 공각이 일방적으로 용악군을 몰아붙였기에 더욱 그

랬다.

대다수의 관객은 무명의 초연보다는 소림사의 공각이 더 강하다는 생각을 은연중에 하고 있었다.

정작 반발은 엉뚱한 곳에서 터져 나왔다.

비무대회가 이어지는 내내 미동도 없이 대결을 지켜보던 독고유가 갑자기 몸을 일으키더니 비무대에 오른 것이다.

다른 사람도 아니고 패천마궁의 궁주다.

패천마궁 궁주를 상징하는 마존이란 별호는 무림인명록이 만들어진 이래 단 한 번도 첫머리에 이름을 올리는 영광을 빼앗기지 않았다.

뒷짐을 지고 산보하듯 나섰지만 독고유의 걸음걸음에서 태산 같은 위압감이 느껴졌다.

수많은 관객들이 숨도 쉬지 못하고 독고유의 행보를 지켜봤다.

비단 관객뿐만 아니라 정무련 측에서도 독고유의 돌발적인 행동에 표정 관리를 하지 못했다.

오직 풍월만이 시큰둥한 얼굴로 독고유를 바라볼 뿐이었다.

"궁주께서 무슨 일이신지?"

사마연이 비무대에 오르며 물었다.

독고유는 별다른 대답 없이 정무련 측을 바라보며 말했다.

"정무련은 본좌를, 패천마궁을 무시하려는 건가?"

남궁무백이 침묵하자 무학 진인이 벌떡 일어나며 되물었다.

"무슨 뜻이오?"

"어째서 저 계집아이가 아니라 소림사의 애송이를 비무대에 올리려는 거지?"

독고유가 자신을 가리키자 공각이 그를 향해 한쪽 손을 얼굴 앞에 가져가며 정중히 예를 갖췄다. 소림사 특유의 반장호궤다.

"공각이 비록 나이는 어리나 장차 소림을……"

독고유가 발을 구르며 무학의 말을 잘랐다.

"끝까지 무시하겠다는 거군, 순후."

"예, 궁주님."

"비무대에 오를 만한 아이가 누가 있느냐?"

독고유의 심중을 이미 완벽하게 파악하고 있던 순후가 잠시 생각을 하는 척하더니 태연히 대답했다.

"용악군이 정신을 차리기는 하였으나 아직 사지를 제대로 움직일 수 없는 상황이니 유연청이 낫겠습니다."

순후의 말에 숨죽여 귀를 기울이던 관객들이 기함하는 표정을 지었다.

남궁휴와 양패구상을 한 유연청이 어떤 부상을 당했는지

두 눈으로 똑똑히 보았기 때문이다.

"그 아이를 올려 보내라."

"알겠습니다."

명을 받은 순후가 금방이라도 쓰러질 듯 창백한 낯빛에, 온몸에 붕대를 감고 있는 유연청을 불렀다.

"유연청, 네가 나가야겠다."

"알… 겠습니다."

힘없이 고개를 끄덕인 유연청이 자리에서 일어나려 할 때 녹림의 태상호법 조절장이 당황한 표정으로 순후에게 달려왔다.

"이런 법이 어디 있습니까, 군사?"

"무슨 뜻입니까?"

"이 아이는 충분히 제 몫을 했습니다. 한데 몸도 제대로 가누지 못하는 아이를 어째서 사지로 보내시려는 겁니까?"

"궁주님의 뜻입니다. 물러나시지요."

조절장의 항의를 일축한 순후가 비무대로 걸어가는 유연청의 어깨를 가만히 짚으며 그에게만 들릴 정도로 작은 음성으로 말했다.

"네가 걱정하는 일은 없을 테니 마음 편히 하여라."

대답도 필요 없다는 듯 바로 몸을 돌리는 순후의 모습에 유연청은 나직이 한숨을 내쉬곤 힘겹게 걸음을 옮겼다.

"야, 괜찮냐?"

얼른 다가온 풍월이 유연청을 거의 안다시피 하며 부축했다.

"괘, 괜찮습니다."

유연청이 몸을 빼다 휘청거리자 풍월이 혀를 차며 그의 허리를 꽉 잡았다.

"제대로 서 있을 힘도 없어 보인다. 이 많은 사람들 앞에서 자빠지는 것도 망신이잖아. 제대로 잡아."

"가, 감사합니다."

유연청이 고개를 숙이며 풍월의 팔을 잡았다. 풍월의 말대로 정말 서 있을 힘도 없었다.

"그리고 너무 걱정하지 마라. 네가 나설 일은 없으니까."

"예."

유연청이 천천히 고개를 끄덕였다.

순후에 이어 풍월에게까지 걱정하지 말라는 소리를 듣자 한결 마음이 편해졌다.

유연청이 비무대에 올라오자 이번엔 정무련 쪽에서 난리가 났다.

온갖 고성이 난무하자 무학 진인이 그들을 진정시키며 말했다.

"궁주야말로 우리를 너무 무시하는 것 같소만."

무학 진인의 얼굴에 불쾌한 빛이 가득했지만 독고유는 코웃음을 쳤다.

"원하는 대로 해줬을 뿐이다. 최선을 다하지 않고 본궁을 무시하는 그대들에게 적당한 상대를 고른 것이다."

"우리가 뭐를 무시했단 말이오?"

"몰라서 그러는 건가, 아니면 모른 척하는 건가? 좋아, 그럼 묻지. 정무련은 어째서 일부러 패하려는 거지?"

"그런 일은 없소."

무학 진인이 단호히 고개를 저었다.

"하면 저 아이를 내보내지 않는 이유는?"

독고유가 초연을 가리키며 물었다.

"그, 그건……."

무학 진인의 말문이 막히자 독고유가 가소롭다는 웃음을 지으며 그와 정무련 전체를 싸잡아 비난했다.

"저 아이가 이름도 없는 무가 출신이라서 그런가? 그대들의 잘난 구파일방, 사대세가 출신이 아니라서?"

"억측하지 마시오."

"과연 억측일까?"

독고유가 비릿한 미소를 지으며 한 걸음 뒤로 물러났다. 그러고는 관객들을 둘러보며 선언하듯 말했다.

"본좌가 패천마궁 궁주의 명예를 걸고 말한다. 저자들은 부인을 하고 있지만 정무련에서 가장 강한 상대는 초연이란 아이다. 비무대회의 대장전은 당연히 가장 강한 자가 나서야 하는 법. 한데도 정무련에선 가장 강한 아이가 아니라 엉뚱한 녀석을 대표로 내보냈다. 이는 분명 본좌와 패천마궁을 무시하는 것이요, 나아가 최고의 승부를 보고자 이곳에 모인 모두를 무시하는 처사다. 제대로 된 상대를 내보내지 않는다면 본궁 역시 그에 걸맞는 상대를 내보낼 것이다."

독고유의 말에 관객들이 크게 술렁이기 시작했다.

한두 사람이 쏟아내기 시작한 불평과 불만은 이내 거대한 야유의 해일이 되어 비무장을 뒤덮었다.

무학 진인을 비롯한 정무련 수뇌들이 나서서 황급히 변명을 해보았지만 소용이 없었다.

다른 사람도 아닌 패천마궁의 궁주가 자신의 명예를 걸고 한 말이다.

그 어떤 변명이나 주장보다 강력한 힘이 있었다.

쿵! 쿵! 쿵!

관객들이 발을 구르기 시작했다.

수천 명이 넘는 관객들이 동시에 발을 구르자 비무장이 지진이라도 난 듯 흔들렸다.

독고유의 제안을 받아들이라는 무언의 압박이다.

무학 진인과 정무련의 수뇌들은 관객들이 독고유의 주장에 동조하며 압박을 하자 어찌 대처를 해야 할지 감을 잡지 못했다.

그러자 그때까지 침묵으로 일관하며 지금의 상황을 조용히 즐기고 있었던 남궁무백이 노구를 일으켰다.

"쯧쯧, 그렇게 순리대로 풀면 되는 것을. 되도 않는 주장들을 해서는……."

초연을 내보내야 한다고 했음에도 구파일방과 이에 동조하는 이들에 의해 어쩔 수 없이 주장을 굽힐 수밖에 없었던 남궁무백이 정무련의 수뇌들을 둘러보며 혀를 찼다.

남궁무백은 초연을 내보내야 한다는 자신의 의견이 꺾일 때부터 이미 지금의 상황을 예견했다.

자신이 알아챈 초연의 실력을 독고유가 놓친다는 것은 애당초 말이 되지 않았다.

독고유의 성향상 초연이 아닌 다른 사람이 대표로 비무대에 올라가면 절대로 받아들이지 않을 것이라 생각했고, 예상은 한 치의 어긋남도 없었다.

남궁무백의 등장에 금방이라도 폭발할 것 같았던 비무장의 분위기도 다시 차분해졌다.

마존 독고유만큼은 아닐지 몰라도 무적검성 남궁무백이란 이름은 수십 년간 무림을 밝힌 큰 별이었다.

"이 늙은이가 힘이 없어 궁주께 폐를 끼쳤소."

남궁무백이 웃으며 말했다.

"뭐가 진짜 명예고 자존심인지도 모르는 한심한 위인들 때문에 고생이 많으시구려."

전대 마존과 어깨를 나란히 했던 인물이 아니던가. 독고유도 나름 예를 차리며 말했다.

"솔직히 저들 입장을 이해 못 할 바는 아니오. 워낙 갑자기 튀어나온 아이라. 따지고 보면 그쪽도 마찬가지일 텐데."

남궁무백이 풍월을 힐끗 바라보며 말을 이었다.

"중요한 건 인정을 하고, 못 하고의 차이겠지."

한숨을 내쉰 남궁무백이 조금 전 독고유가 했던 것처럼 관객들을 둘러보며 말했다.

"공각을 대표로 지정한 것을 철회하고 초연을 올려 보낼 것이오."

무학 진인 등이 반발하려 하자 힘차게 남궁무백이 정색을 하며 발을 굴렀다.

쾅!

그의 발끝에서 시작된 진각에 비무장 전체가 흔들렸다.

"이는 정무련 련주로서의 부탁이자, 명이오. 반발은 용납하지 않겠소."

아직도 천하십대고수에 당당히 이름을 올려놓고 있는 남궁무백의 기세는 모든 불만을 잠재우기에 충분했다.

"초연."

남궁무백이 초연을 불렀다.

"예."

"비무대에 오르라."

"알겠습니다."

가슴에 검을 품고 있던 초연이 비무대로 향했다.

그녀의 눈은 이미 풍월에게 고정되어 있었고 발걸음을 내딛는 순간부터 이미 승부는 시작됐다.

그녀의 기세를 눈치 못 챌 풍월이 아니다.

"이제 비켜줘야겠다, 영감님."

풍월이 초연에게 시선을 고정한 채 독고유를 불렀다.

독고유가 고개를 돌리자 유연청을 던지듯 그에게 밀어버렸다.

"아픈 애 가지고 장난치지 말고 데리고 가세요. 그나저나 판을 아주 제대로 짜주셨네요."

독고유는 자신의 품에 안긴 유연청을 물끄러미 바라보다 기겁하여 물러나려는 그를 번쩍 들어 어깨에 걸쳤다.

"이겨라."

독고유가 한마디 말을 남기고 비무대를 떠나자 남궁무백도 초연의 어깨를 가볍게 두드리며 자리를 떴다.

비무대엔 풍월과 초연, 오롯이 두 사람의 공간만 남았다.

풍월이 초연을 향해 가볍게 인사를 했다.

"오랜만입니다. 설마 이런 곳에서 만나게 될 줄은 몰랐습니다."

"그러네요."

"어르신께서도 이곳에 오셨습니까?"

풍월이 주변을 둘러보며 묻자 초연의 낯빛이 살짝 어두워졌다.

"아니요. 할아버지는 얼마 전에 돌아가셨어요."

"아, 죄송합니다."

"할아버지께서 종종 풍 공자 말씀을 하신 적이 있어요. 다시 만날 날을 기대도 하셨는데……."

"그러셨군요. 정말 아쉽습니다. 저 역시 그날 이후, 늘 만나 뵙고 싶었는데."

풍월의 얼굴에 안타까움이 묻어났다.

지금껏 무림에 나와 그만큼 신비하고 강한 인물을 본 적이 없었다.

심지어 천하제일인으로 인정받고 있는 독고유도 그 노인만큼의 존재감은 보여주지 못했다.

풍월은 그 노인이 혹시 검황은 아닐까 하는 생각을 하곤 했다.

하지만 늘 신비로운 행보를 보여주는 검황이 화산검회에, 그것도 손녀를 대동하고 모습을 드러낸다는 것 자체가 말이 되지 않았다.

"그래도 초 소저라도 이렇게 만나게 되니 반갑네요."

"저 역시."

초연이 입가에 미소를 머금었다.

화산검회 때부터 풍월과 겨뤄보고 싶었지만 할아버지의 만류로 인해 그 뜻을 이루지 못했던 승부다.

자신은 그때보다 훨씬 강해졌고 상대 역시 예전과는 또 달라 보였다.

주체할 수 없는 호승심, 떨림이 전신을 휘감았다.

가슴이 뜨거울수록 머리는 차갑게 하라는 할아버지의 충고를 떠올린 초연이 가만히 눈을 감곤 깊게 숨을 들이켰다.

몇 번의 호흡을 마친 초연이 눈을 떴을 때 풍월은 자신도 모르게 한 걸음 물러나고 말았다.

처음 초연을 만났을 때 그녀는 마치 검과 같았다.

숨결 하나, 동작 하나 하나가 마치 잘 벼려진 검처럼 날카롭고 예리했다.

방금 전까지만 해도 과거의 기세를 지우지 못했다.

나름 갈무리를 하려고 노력한 듯 보였지만 완벽하지 않

왔다.

그런데 지금은 전혀 달랐다.

투명하고 맑은 초연의 눈동자와 풍월의 눈동자가 마주쳤다.

"음."

풍월의 입에서 나직한 신음이 흘러나왔다.

둔기로 맞은 듯 뒤통수가 찌릿했다.

전신의 감각이 날카롭게 일어나고 등줄기에 식은땀이 흘러내렸다.

'두 번째로군.'

언젠가 그녀의 할아버지에게서 느꼈던 감정을 또 한 번 경험하게 된 것이다.

그냥은 버틸 수 없다는 것을 알기에 즉시 묵천심공을 운용했다.

단전에서 시작된 묵직한 힘이 사직백해로 뻗어나가며 그녀의 압박감에서 벗어날 수 있었다.

'역시, 무형지기(無形之氣)를 이토록 쉽게 벗어나는 사람이 있다니.'

초연은 감탄과 더불어 제대로 된 상대를 만났다는 만족감에 절로 미소 지었다.

초연이 품에 안고 있던 검을 천천히 내리며 손잡이를 잡왔다.

잡았다고 느껴지는 순간, 백색 섬광이 허공을 가르며 풍월을 향해 쏘아졌다.

그녀가 움직이는 것과 동시에 풍월 역시 뇌운보를 극성으로 발휘하며 그녀를 향해 달려들었다.

파스슛!

자신의 목을 노리며 날아든 하얀 섬광을 묵뢰로 쳐내는 데 성공한 풍월이 급격하게 몸을 회전시키며 묵뢰를 횡으로 휘둘렀다.

초연이 즉시 검을 거두며 묵뢰의 움직임을 막더니 교묘하게 방향을 바꿔 풍월의 가슴을 향해 찔러갔다.

하지만 그곳의 풍월은 이미 잔상만을 남긴 채 그녀의 후미로 돌아간 상태였다.

초연이 상체를 옆으로 뒤틀며 기울이자 묵뢰가 간발의 차이로 그녀의 머리카락을 스쳐 지나갔다.

삼단 같은 머리카락이 우수수 떨어지며 흩날렸다.

허공을 가른 묵뢰가 재차 초연을 노리며 짓쳐들었다.

초연이 검을 사선으로 치켜 올리자 무시무시한 검기가 대기를 가르며 뻗어나갔다.

"하핫!"

힘찬 외침과 함께 내려친 묵뢰가 검기를 튕겨 버린 후, 그녀의 머리를 내려쳤다.

하지만 이번엔 묵뢰가 그녀의 잔상을 갈랐다.

쩡!

거대한 충돌음과 함께 그녀가 있던 자리에 깔렸던 암석이 쩍쩍 갈라지며 부숴졌다.

자신이 초연을 놓쳤음을 확인한 풍월이 즉시 자리에서 이탈하며 그녀의 행방을 찾았다.

좌측에서 초연의 검이 움직이고 있었다.

그런데 뭔가 이상했다.

이전의 검이 눈으로 쫓기 힘들 정도로 **빠른** 쾌검이었다면 지금은 달랐다.

춤을 추듯 느릿느릿한 동작, 검 끝에서 발출된 희뿌연 강기가 사방으로 퍼지고 있었다.

뭔가 심상치 않음을 느낀 풍월이 신중히 묵뢰를 움직였다.

한데 놀랍게도 서서히 다가오는 강기와 부딪친 묵뢰가 허무할 정도로 어이없이 튕겨져 나왔다.

재차 묵뢰를 움직이려던 풍월이 흠칫하며 동작을 멈췄다.

갑자기 몸이 무거워졌다.

단순히 무거워진 것이 아니라 움직일 때마다 엄청난 압력이 전신을 짓누르는 듯한 느낌이었다.

초연이 뿜어낸 강기가 어느새 지척에 이르고 강기의 바다에서 그녀의 검이 모습을 드러냈다.

"마, 만압금쇄(滿壓禁碎)로구나!"

남궁무백이 벌떡 일어났다.

경악으로 부릅뜬 눈, 가슴까지 내려온 수염이 부들부들 떨렸다.

"아시는 무공입니까?"

남궁무백 곁에 앉아 있던 남궁세가의 가주, 남궁편이 놀라 물었다.

육십이 다 되는 나이가 되었음에도 부친이 평생토록 이처럼 놀라는 모습은 몇 번 보지 못했다.

"아, 아니다."

남궁무백이 황급히 입을 다물었다.

못 해줄 말은 아니지만 주변의 시선이 많이 쏠린 상황에서 굳이 꺼낼 말도 아니었기 때문이다.

'대체 무슨 이유로 비무대회에 참가했단 말인가? 아니, 그보다 어째서 저렇게 어린아이가……'

남궁무백은 꼬리에 꼬리를 무는 의혹을 해소하진 못한 채 다시금 비무대로 시선을 돌렸다.

한데 비단 남궁무백만이 놀란 것은 아니었다.

관람석에 제자들과 함께 앉아 비무를 보고 있던 생사의괴가 입을 쩍 벌리며 경악했고, 그와 정확히 맞은편에 조용히 앉아 있던 호리호리한 눈매의 중년인이 자리에서 벌떡 일어났다.

비무대회 자체에 대한 관심보다는 천마도의 비밀을 확인하고 싶어서 오랜만에 군산을 찾은 중년인, 이미 환갑에 이른 나이에도 중년의 외모를 자랑하던 그는 풍월을 압박하는 강기막을 보며 자신도 모르게 주먹을 꽉 쥐었다.

은연중 피어오른 살기에 주변에 앉아 있던 이들을 기겁하게 만든 그는 독괴 추망우였다.

쫘직!

의자의 손잡이가 독고유의 손아귀 힘을 이기지 못하고 박살이 났다.

"궁주님."

곡한이 깜짝 놀라 고개를 돌렸다.

"별일 아니니 신경 쓰지 말게."

독고유가 비무대에 시선을 고정시킨 채 말했다.

하지만 곡한은 그럴 수가 없었다. 젊은 시절부터 봐온 독고유가 지금처럼 동요한 적을 거의 본 적이 없었기 때문이다.

'풍월이 불리하다고 판단하셔서 그런 것인가? 흠, 저 아이의 무공이 생각보다 뛰어나긴 하나 딱히 불리해 보이지는 않는데……'

곡한의 의문과는 상관없이 독고유는 전대 궁주이자 사부였던 마존 이백기의 말을 떠올리고 있었다.

'만압금쇄는 강기로 펼친 천라지망이라 보면 된다. 강기의 힘으로 상대의 움직임을 봉쇄하고 말려 죽이는 더러운 수법이지. 문제는 상대보다 강한 내력을 지니지 못하면 그 강기를 깨뜨리기가 무척이나 버겁다는 것이다. 혹여 운이 좋아 벗어날 수 있다고 해도 그 강기막을 부수느라 전력을 쏟아부었기 때문에 이후에 싸움이 될 수가 없다. 그저 발악을 조금 할 수 있을 뿐. 이 사부처럼 말이다.'

'만압금쇄를 펼쳤다는 것은 그만큼 내력에 자신이 있다는 것. 놈이 과연 버틸 수 있을지 모르겠군.'

독고유가 걱정스러운 눈길로 풍월을 바라보았다.

풍월은 묵천심공을 극성으로 펼치며 자신을 옥죄어오는 강기막에, 그리고 강기막을 뚫고 불시에 짓쳐들어 오는 검을 막기 위해 전력을 다하고 있었다.

하지만 독고유의 걱정처럼 주변을 에워싸고 있는 강기막의 영향력에서 쉽게 빠져나올 수가 없었다.

'무슨 놈의 강기가……'

풍월은 풍뢰도법 중 최강의 수비초식이라 할 수 있는 구산팔해를 펼쳤다.

시간이 지날수록 조금씩 범위를 좁혀오는 강기막을 막아내고 반격의 틀을 잡아보고자 함이었다.

'빌어먹을!'

구산팔해의 힘이 강기막에 막혀 힘없이 사그라드는 것을 확인하곤 이를 악물었다. 그러고는 풍뢰도법의 후삼식 중 마지막 풍뢰천멸을 펼쳤다.

묵뢰에서 뿜어진 도강이 초연이 만들어낸 강기막에 정면으로 부딪쳤다.

꽝! 쫘꽝!

거대한 폭음과 함께 기세·좋게 부딪쳤던 풍월이 무참히 튕겨져 나가 바닥을 굴렀다.

풍월이 묵뢰를 바닥에 꽂아 버티지 않았다면 맞은편 관객석 벽에 부딪치고서야 멈췄을 것이다.

풍월이 묵뢰에 의지한 채 힘겹게 몸을 일으켰다.

"우웩!"

갑자기 허리를 꺾은 풍월이 한 바가지가 넘는 피를 토해냈다.

풍뢰천멸이 막히며 꽤나 심각한 내상을 입은 것 같았다. 하지만 느긋하게 내상을 돌볼 여유가 없었다.

풍월이 펼친 회심의 일격을 너무도 쉽게 막아낸 강기막이 어느새 그의 주변을 에워쌌고 초연의 검이 그의 머리를 향해 내리꽂히고 있었다.

풍월이 즉시 몸을 틀었다.

만압금쇄의 영향 때문인지 평소보다 현격하게 느려진 뇌운 보였으나 일단 그녀의 공세에서 벗어나는 데 어느 정도 효과 는 있었다.

물론 그마저도 쉬운 것은 아니었다. 그저 간발의 차이로 치 명상을 면하고 있을 뿐 그녀의 검이 스쳐 지나갈 때마다 풍월 의 몸 곳곳엔 크고 작은 부상이 늘어갔다.

특히 허벅지를 가르고 간 상처는 상당히 치명적이었다. 뇌 운보를 시전함에 있어서도 그렇고, 하체가 단단히 받쳐주지 않으면 어떠한 무공을 펼치더라도 그 위력이 반감되기 때문이 었다.

'저 강기막을 부숴야 한다.'

무작정 피해서는 답이 없다는 걸 뼈저리게 느끼고 있었 다. 허벅지의 상처 때문에 몸은 더 느려지기 시작했고 강기 막의 압력에서 버티자니 내력 또한 빠르게 고갈되기 시작했 다.

풍월은 할아버지가 철산도문을 위해 남긴, 풍뢰도법의 후 삼초를 후 오초로 만든 극강의 초식을 떠올렸다.

사초는 전 육초를 연계하여 펼치는 것이고 오초는 후 삼초를 하나로 묶은 것이다.

문제는 막강한 위력만큼이나 너무도 막대한 내력이 소모된다는 것으로, 두 초식을 펼치고도 강기막을 부수지 못하면 그야말로 모든 것이 끝장이었다.

'여력을 남길 여유가 없다.'

풍월은 전력을 다해 묵뢰를 휘둘렀다.

풍뢰도법의 후 오초 중 사초 풍뢰천화(風雷天火)와 풍뢰극(風雷極)을 연이어 펼쳤다.

묵뢰에서 치솟은 두 줄기 강기가 회오리처럼 발출되며 강기막을 향해 내달렸다.

만압금쇄를 펼치느라 상당히 무리를 하고 있던 초연의 표정이 딱딱히 굳었다. 그만큼 풍월이 뿜어낸 공격은 위력적이었다.

자칫 뚫리면 위험할 수 있었다.

지금 끝장을 봐야 한다는 생각에 한층 더 내력을 집중했다.

풍월의 공세에 조금씩 빛을 잃어가던 강기막이 찬란한 빛을 뿜어냈다.

각기 다른 방향에서 움직인 회오리가 강기막을 두들겼다.

꽈꽈꽝!

귀청을 틀어막아야 할 정도의 굉음과 눈을 뜨지 못할 정도의 밝은 섬광이 비무장을 가득 채웠다.

"커흑!"

폭발음을 뚫고 흘러나온 외마디 비명.

사람들은 그것이 풍월의 것임을 금방 알 수 있었다. 비무대 한쪽으로 튕겨져 나간 풍월이 미친 듯이 피를 토해내고 있었기 때문이다.

그에 반해 몇 걸음 물러나 검을 늘어뜨린 초연은 큰 타격이 없는 것 같았다.

다만 핏기 하나 없는 얼굴 표정하며 파르르 떨리는 손, 풍월을 옥죄던 강기막이 더 이상 존재하지 않는 것으로 보아 그녀 또한 상당한 충격을 받았음은 틀림없었다.

"하아! 하아!"

묵뢰에 의지해 겨우 몸을 일으킨 풍월이 거칠게 숨을 몰아쉬었다.

만압금쇄에서 벗어나긴 했지만 그로 인한 손해가 이만저만이 아니었다.

내상은 더욱 악화됐고 전신의 상처에서 피가 줄줄 흘러내렸다.

강자의 여유인지 아니면 그녀 역시 지쳤기 때문인지 곧바로 공격이 이어지지 않았다. 그 덕에 호흡을 돌릴 수 있었던 풍월이 초연을 가만히 응시했다.

가녀린 몸이 지금은 태산처럼 보였다.

명경지수처럼 투명한 눈빛은 한 점 흔들림도 없었다.

풍뢰도법의 마지막 초식을 거푸 사용하고도 승기를 잡지 못한 채 겨우 강기막의 영향력에서 벗어난 지금 풍뢰도법만으론 답이 없다는 생각이 들었다.

지금은 체면 따위가, 자신이 패천마궁의 대표라는 건 중요하지 않았다.

풍월이 천천히 왼손을 들었다.

기다렸다는 듯 비무대를 가로지르며 날아든 물체, 묵운이 그의 손에 빨려들어 왔다.

"쯧쯧, 이것으로 이겨도 이긴 게 아닌 것이 되었군."

풍월이 묵운을 받아 들자 독고유가 혀를 찼다.

패천마궁의 대표라는 것은 철산마도의 무공을 사용했을 때 해당하는 것이다. 묵운을 잡는다는 것은 화산검선의 무공까지 사용함을 의미하는 것이니 엄밀히 말해 패천마궁의 대표라 할 수는 없었다.

"그래도 온전히 지는 것보다는 낫겠지요."

풍월에게 묵운을 던져준 곡한이 쓰게 웃으며 말했다.

"꼭 진다고 말할 수는 없네. 겉으론 멀쩡해 보여도 저 아이가 입은 타격도 만만치 않거든. 만약 놈이 목숨을 걸고 싸운다면 결과는 알 수 없을게야. 하지만 놈은 안전한 길을 택했어. 비무대회를 대하는 입장이 우리와는 달라. 굳이 목숨까지 걸 이유가 없다는 것이겠지."

풍월이 묵운을 든 이상 필승을 확신하는 독고유와는 달리 정작 풍월을 상대해야 하는 초연은 약간 실망한 눈치였다.

'그가 철산마도의 무공은 물론 화산검선의 무공까지 익혔고 제대로 사용할 수 있다는 것도 안다. 하지만 좌검우도라니. 그런 변칙으로 나를 상대할 수 있다고 여기는 걸까?'

초연은 풍월이 양손에 무기를 든 이유를 조금 착각하고 있었다.

동시에 사용할 수 있다는 생각은 전혀 하지 않았다. 그저 적절히 번갈아 사용하며 자신의 주의를 흩뜨리려는 의도라 여긴 것이다.

그건 비단 그녀만의 생각은 아니었다.

비무장에 모인 모든 이들이, 풍월의 좌검우도를 제대로 경험해 본 몇몇 사람들을 제외하곤 모두 그녀와 같은 생각을 했다.

풍월의 변칙적인 장난(?)에 놀아날 생각이 없었던 초연이 힘차게 발을 굴렀다.

화살처럼 쏘아진 그녀의 검이 신묘한 변화를 일으키며 풍월의 전신 요혈을 노렸다.

'빨리 승부를 본다.'

풍월은 그녀의 빠른 공격을 반겼다. 지금 그는 시간을 끌 만큼 여유로운 상황이 아니었다.

내상은 깊었고 전신의 상처 또한 싸움이 격해지면 격해질 수록 더욱 위중해질 터였다.

더구나 좌검우도를 동시에 사용하는 것은 생각보다 훨씬 많은 내력과 더불어 엄청난 정신력을 필요로 했다.

전혀 다른 성질의 무공을 동시에 사용한다는 것은 단순히 장난을 치거나 다른 일을 하는 것과는 비교도 할 수 없을 만큼의 집중을 필요로 했다.

그 모든 것을 감안했을 때 시간은 절대적으로 초연의 편이었다.

풍월의 검이 부드럽게 움직였다.

매화검법 중 가장 부드러우면서도 변화가 많은 매화비류였다. 다른 초식에 비해 내공의 소모도 비교적 적어 지금의 풍월에겐 적절한 초식이라 할 수 있었다.

'화산의 검인가?'

초연이 자신의 공격을 교묘히 비틀며 파고드는 공세에 서늘한 눈빛을 쏘아냈다.

검 끝에서 푸른 강기가 솟구쳤다.

그녀의 시선을 따라 움직인 강기가 매화비류의 공세를 단숨에 무력화시키더니 이내 풍월의 목숨을 노렸다.

관객들은 물론이고 두 사람의 대결을 지켜보는 대다수의 무인들이 처참히 쓰러질 풍월의 모습을 뇌리에 그렸다. 그만큼 초연이 뿜어낸 검강은 압도적인 힘을 발휘했다.

하지만 바로 그 순간, 갑자기 옆에서 치고 들어온 묵뢰가 그녀의 공세를 완벽하게 막아내고 묵운의 길을 열어줬다.

깜짝 놀란 초연이 황급히 몸을 빼며 묵운의 공격을 막으려 했으나 묵뢰에 가로막힌 검이 제대로 반응하지 못했다.

"크흡."

초연이 튀어나오는 비명을 억지로 삼키며 뒷걸음질 쳤다.

운이 좋아 치명상은 면했지만 옆구리에 깊은 자상이 남겨졌다.

부상 따위가 문제가 아니었다.

초연은 믿을 수 없다는 얼굴로 풍월과 그가 들고 있는 좌검우도를 바라보았다.

두 종류의 전혀 다른 무공을 익히고 사용할 수 있다는 것은 안다. 하나 그 또한 믿기 힘든 일이건만 그것을 동시에 사용할 수 있다는 것은 진정 상식의 범주를 벗어난 일이었다.

관객들 또한 믿어지지 않는 상황에 입을 쩍 벌린 채 경악하다가 미친 듯이 함성을 내질렀다.

초연은 풍월이 어째서 좌검우도를 선택했는지 비로소 제대로 이해를 했다.

방심했던 자신이 한심하게 느껴졌다.

할아버지의 가르침 중 첫 번째가 어떤 상황에서도 방심하지 말라는 것이었는데 약간의 승기를 잡았다고 어느새 잊고 있었다.

화산에서의 만남 이후, 늘 자신의 숙적, 아니, 호적수라 여겨왔던 풍월의 실력이 진짜라는 것을 다시금 확인하게 되자 기분이 좋았다.

초연이 전력을 다해 내력을 끌어 올렸다.

옆구리에서 끊임없이 고통이 밀려들었지만 풍월에 비하면 부상도 아니었다.

초연이 선유보(仙遊步)로 풍월의 뇌운보를 쫓으며 검을 휘둘렀다.

무극천검결(無極天劍訣)의 절초 십면교포(十面巧捕)였다.

검강이 솟구치며 말 그대로 풍월이 움직일 수 있는 거의 모든 방위를 차단하며 짓쳐들었다.

풍월은 조금도 당황하지 않고 뇌운보로 몸을 움직이며 풍뢰도법의 구산팔해로 몸을 보호하고, 매화검법의 절초 매화일첨으로 초연의 약점을 파고들었다.

매화일첨은 운현이 황웅에게 사용했던 것과 같은 초식이지만 빠르기나 위력 면에선 애당초 비교할 바가 아니었다.

매화일첨의 공격이 초연의 왼쪽 어깨에 작렬하며 그녀에게 또 한 번 큰 부상을 안겼다.

초연이 오만상을 찌푸리며 무극심공(無極心功)을 극성으로 끌어 올렸다.

목구멍 아래에서 비릿한 뭔가가 치솟았지만 억지로 참아 눌렀다.

그녀의 검에 푸른 고리가 맺히기 시작했다.

검강의 위 단계라는 검환(劍丸)이다.

영롱하게 피어오른 검환이 검의 움직임을 따라 춤을 추기 시작했다.

하나, 둘, 셋…….

숫자를 헤아리는 것이 무의미할 정도의 많은 검환이 제각기의 생명력을 머금은 채 풍월을 노렸다.

"검환이라니 믿을 수가 없군. 아무리 그의 후손이라 하더라도 저토록 어린 나이에 어찌 이만한 깨달음을 얻었단 말인가?"

남궁무백은 초연의 검에 피어오른 검환을 보며 놀라움을 감추지 못했다.

당금 무림에서 검환을 펼칠 수 있는 경지의 고수를 찾는 것은 그리 불가능한 건 아니었다. 그러나 초연의 나이에 검환을 펼칠 수 있는 인물을 찾아보라면 자신이 없었다. 아마도

가능하다면 그녀와 대결을 펼치고 있는 풍월 정도뿐이란 생각이 들었다.

풍월이 심각한 표정으로 묵뢰를 움직였다.

구산팔해를 재차 펼치고 그것으로도 부족해 자하검법의 절초 자하성광으로 검환에 맞섰다.

꽈꽈꽝!

폭음 소리가 들리며 풍월의 몸이 휘청거리며 물러났다.

뒷걸음질 칠 때마다 바닥이 움푹움푹 파이며 입에서 떨어진 핏물이 패인 바닥을 채웠다.

몸을 띄운 초연이 물러나는 풍월을 향해 재차 검환을 날렸다. 비록 숫자는 전에 비할 바는 아니나 중첩을 시킨 검환의 위력은 하나하나가 가공할 위력을 품고 있었다.

검환을 날리는 초연의 입과 코에서 피가 터져 나왔다.

무리를 한 것이 분명했다.

풍월은 초연의 입과 코에서 터져 나오는 피를 보곤 그녀가 승부를 걸었다고 판단했다.

절대 물러설 수 없었다.

풍월은 자하신공과 묵천심공을 극성으로 끌어 올렸다.

한데 바로 그 순간, 풍월의 눈동자가 크게 흔들렸다.

늘 마음먹은 대로 움직여 주던 자하신공과 묵천심공의 기운이 제어가 되지 않았다. 정확히는 그동안 무리한 운공으로 인해 기혈이 엉키고 뒤틀리는 바람에 두 기운이 갈 길을 잃은 것이다.

빛살처럼 들이친 검환은 그런 풍월의 사정을 조금도 봐주지 않았다.

풍월은 감히 맞설 생각을 못 하고 몸을 틀었다.

오직 뇌운보에 모든 것을 맡긴 채 피하고 또 피했다.

그러나 뇌운보도 이전의 수준이 아니었다. 움직임이 많이 무뎌지는 바람에 몇 번이나 바닥을 구른 뒤에야 간신히 목숨을 연명했다.

풍월의 전신이 피투성이가 되었을 때 초연의 공세가 멈췄다.

만압금쇄만큼은 아니나 검환 역시 막대한 내력을 필요로 했다. 계속 공격을 이어가기엔 그녀의 내상도 만만치가 않았다.

거친 숨을 내뱉으며 호흡을 가다듬는 초연.

재빨리 물러난 풍월 역시 아직도 제자리를 찾지 못하고 있는 기운을 다스리기 위해 필사적이었다.

어느 순간, 감당할 수 없을 정도로 내상이 심해지고 내력이 바닥을 드러내기 시작하자 사방으로 흩어졌던 두 개의 기운이 슬며시 단전으로 돌아왔다.

평소 힘의 일부에 불과했지만 지금 상황에선 그것만으로도 감지덕지였다.

지그시 눈을 감은 풍월은 자하신공과 묵천심공을 운용하며 겨우 단전으로 돌아온 기운을 놓치지 않기 위해 혼신의 힘을 다했다.

하지만 시간은 그의 편이 아니었다.

어느 정도 호흡을 돌린 초연이 풍월을 향해 지체 없이 달려들었다.

자신이 호흡을 고르며 약간이나마 회복을 했듯 풍월 역시 시간이란 변수를 이용해 어떤 식으로 변할지 몰랐기 때문이었다.

초연의 검이 풍월에게 향했다.

그녀의 검에서 세 개의 검환이 찬란한 빛과 함께 모습을 드러냈다. 숫자는 가장 적었지만 그녀의 모든 힘이 축약된 것으로 위력은 전에 비할 바가 아니었다.

우우우웅!

세 개의 검환이 천하를 진동시키며 풍월을 향해 쇄도했다.

번쩍!

풍월이 감았던 눈을 떴다.

각기 다른 방향, 다른 곳을 노리며 짓쳐드는 세 개의 검환에 온몸이 난자되는 느낌을 받았다.

"하압!"

풍월의 입에서 힘찬 외침이 터져 나오고 묵뢰와 묵운이 동시에 움직였다.

단 한 번의 공방.

그것이 지금 자하신공과 묵천심공을 통해 이끌어낸 힘으로 펼칠 수 있는 한계였다.

묵뢰가 화살처럼 쏘아져 나가며 검환과 부딪쳤다.

검환이 빛을 뿜어내며 저항했지만 묵뢰는 기어코 검환을 무력화시키는 데 성공했다.

남은 두 개의 검환을 향해 이십사수매화검법의 마지막 절초인 매화만천을 펼쳤다.

검 끝에서 피어오른 매화가 비무대를 휘감으며 검환을 반겼다.

"어째서?"

심각한 표정으로 싸움을 지켜보던 화산파 장문 도선의 얼굴에 의구심이 가득했다.

매화만천은 화산파를 대표하는 매화검법의 절초로 충분히 위력적인 초식이라고 할 수 있다. 그러나 지금 풍월에게 짓쳐드는 검환을 막을 수 있느냐 물었을 땐 고개를 저을 수밖에 없었다. 그만큼 검환의 힘은 막강했다.

하지만 자하검법은 다르다. 검환의 위력이 아무리 뛰어나다 하더라도 자하검법이라면 분명 막아낼 수 있다고 여겼다. 한데 어째서 자하검법이 아닌 매화검법을 선택한 것인지 이해할 수가 없었다.

도선의 걱정대로 매화만천은 검환을 감당하지 못했다.

온 세상을 덮을 듯 보였던 매화가 검환에 닿기가 무섭게 소멸되기 시작했다.

무수한 매화가 부나비처럼 검환에게 달려들었지만 그 어느 것 하나도 검환의 힘을 약화시키지 못한 채 힘없이 사라졌다.

풍월을 보호하던 매화가 완벽하게 소멸하자 묵운마저 힘을 잃고 축 늘어졌고 결국 풍월의 몸이 검환에 완전히 노출되었다.

그 순간, 모든 사람들은 싸움이 끝났다고 여겼다.

마지막 한 줌의 내력까지 쥐어짜 내며 무리하게 검환을 움직이고 있던 초연도 마찬가지였다.

승리를 확신한 초연과 풍월의 시선이 허공에서 만났다.

'뭐지?'

뭔가가 이상했다. 풍월의 눈빛은 전혀 패한 사람의 눈빛이 아니었다. 오히려 승자의, 마치 모든 것이 자신의 의도대로 되었다는 듯 자신감이 넘쳤다. 입가에 이는 회심의 미소 또한 마음에 걸렸다.

의심을 품는 순간, 그녀의 몸이 작살에 꿰인 물고기처럼 격렬하게 흔들렸다.

머리부터 발끝까지 강력한 통증이 전신을 뒤흔들었다.

고통을 감당하지 못한 초연이 검을 떨어뜨리고 본능적으로 고통의 근원을 찾아 고개를 숙였다.

그녀의 시선에 오른쪽 어깨를 사선으로 관통한 칼 한 자루가 잡혔다. 방금 전, 풍월이 던진 묵뢰였다.

"이기… 어도?"

초연은 대답을 듣지 못하고 힘없이 무너져 내렸다.

풍월은 그녀가 쓰러지는 것보다 먼저 주저앉더니 아예 대자로 누워버렸다. 거칠게 몰아쉬는 숨을 따라 가슴이 마구 요동쳤다.

풍월이 바닥에 눕는 순간, 거대한 함성이 비무장을 뒤흔들었다.

"와아아아아아아!"

숨죽이고 두 사람의 대결을 지켜보던 모든 관객이 일제히 자리에서 일어나 박수를 치고, 휘파람을 불고, 목청이 터지도록 환호성을 보냈다.

수천 명의 관객들이 오직 한 사람을 위해 환호하는 모습은 실로 장관이었다.

정무련 측에서 초연의 부상을 살피기 위해 비무대 위로 뛰어오르는 것과 동시에 패천마궁에서도 사람들이 달려왔다. 의외로 가장 먼저 비무대에 오른 사람은 순후였다.

"괜찮나?"

풍월이 피투성이가 된 얼굴로 미소를 지었다.

"고생했네."

"운이… 좋았습니다."

풍월이 힘없이 말했다. 진심이었다.

심각한 내상을 당한 상태에서 겨우 한 줌의 내력을 끌어모은 풍월은 초연이 발출한 검환과 정면으로 맞서선 승산이 없다고 확신했다.

풍뢰도법과 자하검법의 절초를 동시에 펼칠 수 있다면 혹시 모르겠지만 내력의 부족으로 그나마도 펼치기가 불가능한 상황에서 그가 선택한 것은 일종의 낚시였다.

비도풍뢰라는 초식을 펼쳐 묵뢰가 검환을 하나 소멸시켰다. 그리고 묵뢰 또한 검환과 함께 사라지면서 초연의 뇌리에서 묵뢰의 존재를 지워냈다. 이어 매화검법으로 최후까지 발악하는 모습을 보여주며 그녀의 시선을 완전히 잡아놓았고 그녀가 방심한 틈을 이용해 결국 묵뢰로 그녀의 몸을 관통하는 데 성공한 것이다.

평소의 초연이라면 당하지 않을 가능성이 높았다. 하지만 두 사람 모두 극한까지 몰린 상황이기에 어둠의 암살자처럼 은밀히 접근한 묵뢰를 알아차리기란 사실상 불가능한 것이었다.

"운 또한 실력이지. 어쨌거나 승자는 자네네."

순후가 수하와 함께 부축하며 풍월의 몸을 일으켰다.

풍월이 일어나자 그때까지 사그라들지 않던 박수와 함성이 더욱 요란해졌다.

풍월은 관객들에게 가볍게 손을 들어 인사를 한 후, 순후와 그의 수하에게 거의 안기다시피 하며 비무대를 내려갔다.

관객들은 풍월이 비무대를 내려간 뒤 비무장을 완전히 떠날 때까지 끝없는 환호성으로 승자를 축하했다.

"저 영광의 함성이 화산의 것이 되었을 수도 있었을 텐데. 편협함으로 인해 모든 것을 잃었구나."

도선이 비무장 뒤로 사라지는 풍월의 뒷모습을 보며 더없이 씁쓸한 표정을 지었다.

"검선 사숙을 뵐 면목이 없구나. 화산이 품을 그릇은 아니나 인연의 끈을 놓치지 말라고 당부까지 하셨거늘."

도선은 화산검선이 그에게 남긴 마지막 글귀를 떠올리며 크게 탄식했다. 풍월을 배척하는 데 누구보다 앞장섰던 도은과 몇몇 장로들은 감히 고개를 들지 못했다.

"쯧쯧, 화산괴룡이 어쩌다 패천마궁에……."

"그러게 말이외다. 저런 인재를 패천마궁에 빼앗기는 실수를 하다니요."

"저 친구가 정무련의 대표로 나섰다면 이런 망신은 없었을 텐데요."

"아무렴요. 대장전 따위는 존재하지도 않았을 것입니다."

혀를 차며 지나가는 부련주 무학 진인과 이에 동조하는 이들의 날 선 비난은 도선은 물론이고 화평연에 참가한 화산파 제자들 모두의 가슴에 대못을 박아버렸다. 그럼에도 그들은 한마디 변명도 하지 못했다.

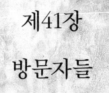

제41장

방문자들

　대장전을 끝으로 비무대회가 끝났다.

　대다수의 관객들은 풍월이 대장전을 이겼기 때문에 패천마궁 측이 비무대회를 이겼다고 생각했지만, 풍월이 초연을 쓰러뜨릴 때 철산마도의 무공뿐만 아니라 화산검선의 무공까지 사용했다는 것을 아는 이들은 오롯이 패천마궁의 승리라 여기지 않았다.

　비무대회가 끝났을 때는 이미 늦은 오후, 뜨겁게 타올랐던 해가 서쪽 호반으로 사라지고 있었다.

　대부분의 관객들은 어두워지기 전 군산을 떠나기 위해 분주히 배에 올랐으나 일부의 사람들은 비무대회를 지켜볼 때보다 더욱 긴장된 모습으로 군산에 남았다.

화평연이 완전히 마무리가 된 후, 제갈세가와 개방에서 천마도의 비밀을 공개하겠다고 선언했기 때문이다.

군산에 모인 관객들 또한 그 사실을 알고 있었다.

다만 천마도의 비밀을 확인할 자격을 위해 준비해야 되는 돈이 너무 많았고, 설사 돈을 준비하여 비밀을 안다고 하여 딱히 뭔가를 얻거나 이익을 볼 가능성이 거의 없기에 그냥 포기한 것이다.

거기에 정무련과 패천마궁 측에서 은근히 공포 분위기를 조성하며 떠나도록 종용하는 것도 서둘러 군산을 떠나게 된 원인 중 하나였다.

화평연이 끝나고 돈을 준비한 이들을 제외하고 거의 모든 이들이 군산을 떠났음에도 제갈세가와 개방은 천마도의 비밀을 공개하지 않았다.

거센 항의에 직면하면서도 천마도의 공개를 늦춘 이유는 풍월 때문이었다.

제갈세가에서 천마도의 비밀을 풀어내기는 하였으나 애당초 천마도의 주인은 풍월이다.

풍월이 양해를 했음에도 제갈세가와 개방은 천마도의 주인이 부상으로 제대로 거동하지도 못하는 상황에서 비밀을 공개하는 것은 도리에 맞지 않는 것이란 의견을 모았다.

폭발할 듯 불만이 고조되었지만 패천마궁에서 순순히 받아들이자 불만은 사그라들 수밖에 없었다.

드르륵.

거칠게 문이 열렸다.

최대한 정신을 집중하여 시침을 하고 있던 만독방의 대장로 여편의 미간이 확 찌푸려졌다. 순간적으로 집중력이 깨져 실수를 할 뻔했기 때문이다.

"시침할 땐 그 누구도 함부로 출입시키지 말라지 않았느냐?"

여편이 노한 음성으로 소리쳤다.

"죄, 죄송합니다. 하지만……."

방문 밖을 지키던 자가 말끝을 흐렸다.

시답잖은 대답에 호통을 치려고 고개를 돌린 여편의 앞으로 누군가 얼굴을 들이밀었다.

"흠, 제법인데. 만독방의 의술이 이 정도 수준까지 왔을 줄은 몰랐군."

"누구… 아!"

갑작스러운 불청객의 난입에 불쾌한 표정을 짓던 여편이 상대의 얼굴을 확인하곤 화들짝 놀랐다.

"새, 생사의괴 선배가 여긴 어찌……."

여편의 말에 생사의괴가 고개를 돌렸다.

"노부를 아나?"

"먼발치에서 몇 번 뵌 적이 있소이다."

"그래? 노부를 안다면 얘기가 편해지겠군. 내가 이 녀석을 좀 봐야겠는데."

생사의괴가 온몸에 침을 맞고 누워 있는 풍월을 힐끗 가리켰다.

"그, 그건 좀……."

여편이 말끝을 흐렸다.

생사의괴가 어떤 인물인지, 또 어느 정도의 의술을 지녔는지 너무도 잘 안다. 자신이 지닌 의술 따위는 비교도 할 수 없다는 것을.

하지만 풍월의 치료는 패천마궁 궁주의 명에 의한 것으로 자신이 함부로 결정할 수 있는 사안이 아니었다.

그때, 그를 곤란에서 벗어나게 해주는 음성이 들려왔다.

"대장로께서 그동안 많이 고생하셨으니 잠시 쉬시는 것도 좋겠습니다."

생사의괴 뒤에서 순후가 모습을 드러냈다.

"저 친구와 인연이 깊다 들었습니다."

순후의 말에 생사의괴가 코웃음을 쳤다.

"인연이 깊기는 개뿔이. 그저 저놈 할애비들과 안면이 있을 뿐이지. 뭐, 일전에 잠시 만나기는 했다만 거 뭣이냐, 거기가……."

생사의괴가 기억을 더듬자 그의 옆에서 복잡한 표정으로 풍월을 바라보고 있던 용패가 얼른 대답했다.

"추우객점입니다."

"그래, 추우객점. 아, 그러고 보니 이놈 덕에 너를 얻게 되었구나."

생사의괴가 근래 들어 빠르게 실력이 늘고 있는 용패를 기특하게 바라보며 말했다.

그래 봤자 이제 겨우 인체의 혈과 경락을 제대로 짚어낼 정도에 불과하지만 그 정도만 해도 큰 제자 왕수인보다 백만 배는 뛰어나다 할 수 있었다.

여편이 슬쩍 자리를 비켜주자 생사의괴가 그 자리를 차지하고 앉았다.

생사의괴가 몸 곳곳에 박혀 있는 침들을 힐끗 바라보곤 가만히 풍월의 팔목을 잡았다.

지그시 눈을 감고 한참이나 맥을 짚던 생사의괴가 고개를 끄덕이며 눈을 떴다.

"제대로 치료를 했군. 맥이 많이 약하기는 하지만 뒤틀어진 기혈도 어느 정도는 제자리를 찾은 것 같고 외상도 이만하면 큰 문제가 없을 것 같고."

생사의괴가 한쪽으로 물러나 있는 여편을 향해 말했다.

"좀 전에도 말했지만 만독방의 의술이 이 정도일 줄은 미처 몰랐네."

"과찬이십니다."

여편은 겸양을 표하면서도 입꼬리가 올라가는 것까지는 어쩌지 못했다.

다른 사람도 아니고 중원 의술계의 최고봉이라는 생사의괴의 칭찬이니 당연했다.

"언제쯤이면 자리에서 일어날 수 있겠습니까?"

순후가 조심히 물었다.

"푹 자고 일어나면 내일 아침엔 움직이는 데 큰 무리는 없을 것 같군. 그나저나 자리를 좀 비켜줄 수 있겠나? 저 친구의 시침이 적절하니 내 따로 침을 놓을 필요는 없으나 그래도 여기까지 왔으니 몇 가지 도움을 주려고 하네. 또 나눌 말도 있으니."

"편한 대로 하시지요."

잠시 생각하던 순후가 순순히 고개를 끄덕였다.

나눌 말이라는 것이 혹여 천마도의 비밀은 아닐까 조금 걸렸지만 어차피 이 시간 이후, 아무도 군산에서 나갈 수 없다는 것을 알기에 크게 문제가 될 것 같지는 않았다.

순후와는 달리 생사의괴의 의술을 바로 곁에서 지켜볼 수 있지 않을까 기대했던 여편은 조금 아쉬워하는 것 같았다.

순후와 여편 등이 방에서 나가고 이각여가 흐른 후 생사의괴가 풍월의 몸에 박혀 있는 침을 모두 제거했다.

다시 이각 정도의 시간이 흐른 후, 죽은 듯 자고 있던 풍월이 눈을 떴다.

"정신이 드느냐?"

생사의괴가 물었다. 잠시 눈만 끔벅이던 풍월이 생사의괴를 알아보곤 몸을 일으키려 하자 생사의괴가 그의 어깨를 가만히 눌렀다.

"무리할 것 없다. 그냥 누워 있거라."

"어르신께서 절 치료하신 겁니까?"

"허! 누가 널 치료하는지도 몰랐단 말이냐?"

생사의괴가 한심하단 얼굴로 쳐다봤다.

"흐흐흐. 어느 순간 정신이 완전히 나가서요. 비무장을 떠난 것까지는 기억이 나는데 그 이후는 잘……."

"만독방에서 널 치료했다. 생각보다 잘 치료했어. 또 만독방인지 패천마궁인지는 모르겠다만 생각보다 귀한 약을 쓴 것 같기도 하고."

"귀한 약이요?"

귀한 약이라는 말에 귀가 쫑긋했다.

"네 몸에서 묘한 약성이 느껴지더구나. 대환단이나 태청단까지는 모르겠다만 그에 못지않은 영약을 네게 복용시킨 게 틀림없다."

"그 정도 영약이면 내력에도 도움이 될까요?"

"글쎄. 정확히 어떤 종류의 영약인지 모르니 확답을 할 수는 없다만 어느 정도는 도움이 되겠지. 왜? 내력이 부족하다 여기느냐?"

"예전에는 잘 몰랐는데 요즘 들어 그런 생각이 좀 듭니다."

"하긴, 노부가 생각해도 동시에 두 가지 무공을 사용한다는 건 보통 내력만으론 감당키 힘든 일이지. 게다가 보통 무공이더냐? 검선과 마도의 무공이니 얼마나 많은 내력이 필요할까. 인간 같지도 않은 놈. 네가 좌검우도를 휘두르며 검선과 마도의 무공을 펼치는데 노부는 기절하는 줄 알았다."

"그러니까요. 이번에도 궁여지책이 통했으니 망정이지 하마터면 큰일 날 뻔했습니다. 그래도 나름 열심히 수련을 해서 음양쌍괴 노선배님들과 대결할 때보다는 어느 정도 여유가 있다고 생각했는데 완전한 착각이었습니다. 설마하니 초 소저가 그렇게 무지막지한……."

생사의괴의 표정이 확 변했다.

"자, 잠깐만. 지금 누구라 했느냐? 음양쌍괴? 노부가 잘못들은 것은 아니겠지?"

"예? 아, 예. 음양쌍괴 노선배님 맞는데요."

"그러니까 그들과 네가 싸웠다고?"

"예."

"누가 이겼… 아니다. 그건 쓸데없는 질문인 것 같구나."

생사의괴가 풍월을 새삼스러운 눈길로 바라봤다. 강하다는 것은 진작부터 알고 있었지만 설마하니 음양쌍괴를 이길 정도로 강할 줄은 생각하지 못했다.

"이겼지만 이겼다고 말할 수 없는 대결이었습니다. 그분들이 마지막에 절 배려하지 않으셨다면 아마도 전 이 자리에 없었을 테니까요."

"한데 어째서 그들과 싸운 것이냐? 네가 그들과 엮일 일이 무엇이 있다고."

"그러게요. 제가 생각해도 어이가 없습니다."

풍월이 씁쓸한 표정으로 말했다. 음양쌍괴까지 동원하여 자신을 죽이려 했던 자들이 자신의 본가라는 사실을 차마 말할 수가 없었다.

생사의괴가 거푸 질문을 하려 하자 풍월이 재빨리 화제를 돌렸다.

"한데 어르신. 당금 무림에 암류가 흐르고 있다는 거 알고 계십니까?"

"암류?"

생사의괴의 눈썹이 꿈틀거렸다.

"예, 세상 사람들이 알지 못하는 암중 세력이 있습니다. 패천마궁에서도, 개방에서도 뒤쫓고 있지만 좀처럼 꼬리가 잡히지 않는 세력이."

"그런 세력이 있단 말이냐? 서, 설마 음양쌍괴 그들이?"

생사의괴가 경악하며 되물었다.

"아니요, 그분들은 아니고요. 처음 놈들을 인식하게 된 것은 매혼루를 쫓으면서였습니다. 그러니까……."

풍월은 화산검회 이후, 매혼루를 쫓기 시작한 일부터 지금에 이르기까지의 상황을 빠르게 설명했다.

장황한 설명 대신 핵심 요점만을 전달했지만 생사의괴가 이해하는 데 전혀 문제가 없었다.

"일석이조를 노렸구나. 난민들을 돕고 암중 세력이 더 이상 천마도를 가지고 장난치지 못하도록 하는."

"예, 가짜 천마도를 자꾸 뿌리면서 무림의 혼란을 불러일으키려 하는 데는 분명 어떤 이유가 있을 것이라 생각했습니다."

"그렇겠지. 무림이 혼란해지면 혼란해질수록 암중에서 힘을 키우기엔 더욱 좋을 테니까."

"한데 어르신께선 놈들에 대해 아는 것이 없습니까? 아무래도 세상을 자유롭게 떠돌아다니시면 보고 듣는 것이 많으실 텐데요."

"글쎄다. 네 말대로 이곳저곳 돌아다니기는 하나 다른 이들과 섞이는 일이 별로 없어서 말이다. 게다가 딱히 이상한 놈들은 본 적이 없구나."

"그렇군요."

풍월은 그다지 대수롭지 않다는 얼굴로 고개를 끄덕였다. 혹시나 해서 질문은 했지만 애당초 크게 기대는 하지 않은 것 같았다.

그때였다. 생사의괴가 무릎을 탁 치며 뜬금없는 소리를 했다.

"아, 어쩌면 그래서 이곳에 나타난 것인지도 모르겠구나."

"예?"

풍월의 질문을 무시한 생사의괴가 혼잣말을 이어갔다.

"아니지. 지금껏 무림의 일에 관여한 적이 없었는데 지금에 와서 개입하는 것도 이상하잖아. 암중 세력을 알고 있다는 것도 이상하고. 한데 그게 아니면 이곳에 나타난 이유가 설명이 안 되는데."

답답함을 참지 못한 풍월이 목소리를 높였다.

"그러니까 누가요? 누가 나타난 것인데요."

그제야 풍월을 의식한 생사의괴가 멋쩍은 웃음을 흘리며

말했다.

"노부가 잠시 딴생각을 했구나. 한데 지금 누구냐고 물은 게냐?"

"예."

"초연이란 아이 말이다. 네가 마지막에 상대했던. 노부가 지금껏 치료를 하고 왔다."

그제야 초연이 자신에 의해 큰 부상을 당했다는 것을 기억한 풍월이 재빨리 물었다.

"아, 초 소저의 부상은 좀 어떻습니까?"

"네 녀석보다는 심각하지. 그러게 살살 하지 어쩌자고 그 가녀린 몸에 칼을 박을 생각을 한 게냐?"

"보셨으니 알 것 아닙니까? 여차하면 제가 당했습니다. 그것도 꼼수를 써서 겨우 성공한 겁니다."

풍월이 억울하단 얼굴로 강변했다.

"흐흐흐. 그냥 해본 소리다. 노부도 봤다. 네 말대로 꼼수인지 아닌지는 모르겠지만 그래도 마지막에 칼의 방향을 틀었으니 그 아이가 살 수 있었던 게지. 아무튼 목숨에는 아무런 지장이 없다. 내상이 심각하긴 하다만 단전에 품고 있는 힘이라면 생각보다 빨리 치유가 될 것 같기도 하고."

"단전에 품고 있는 힘이요?"

"그래, 네 몸에 흐르고 있는 영약의 기운과는 비교도 되지 않는 힘이지. 그 아이가 단전에 품고 있는 힘만 제대로 자기 것으로 만들어도 아마 지금보다 훨씬 상대하기 힘들겠다."

"어쩨, 초 소저를 잘 아시는 모양입니다."

풍월이 살짝 빈정이 상한 목소리로 말했다.

"오늘 처음 본 아이를 내가 어찌 알아."

퉁명스레 대꾸하던 생사의괴가 갑자기 고개를 저었다.

"아니지. 그렇다고 완전히 모른다고는 할 수 없겠다."

"그건 또 무슨 말입니까?"

"그 아이의 할애비, 아니, 사부나 사조일 수도 있겠구나. 어쨌건 그를 안다."

"그가 누군데요."

잠시 뜸을 들인 생사의괴가 더없이 진지한 얼굴로 말했다.

"검황."

검황이란 이름을 들었음에도 풍월의 반응은 생각보다 침착했다.

살짝 눈을 크게 떴을 뿐 크게 놀라거나 동요하는 얼굴이 아니었다.

풍월의 태연스러운 반응에 오히려 생사의괴가 놀랐다.

"검황이란 이름 앞에 네 녀석처럼 태연한 놈은 처음이다."

"조금은 예상을 했으니까요."

"예상을 해?"

"예, 어쩌면 초 소저가 검황과 연관이 있을지도 모른다고 생각했습니다."

"둘이 만난 적이 있더냐?"

"화산에서 잠시 본 적이 있습니다. 그때 초 소저뿐만 아니라 한 노인을 만났습니다. 선풍도골이란 표현이 딱 어울리는 노인이었는데……."

풍월은 당시 만났던 초무량의 외모를 비롯해 그에게서 받은 느낌을 간단히 설명했다.

굳은 표정으로 듣고 있던 생사의괴가 참았던 숨을 내뱉으며 탄식하듯 말했다.

"아마도 그가 검황이었을 게다. 음양쌍괴를 꺾을 정도로 성장한 네게 마존에게도 느끼지 못한 존재감을 안겨줄 사람은 오직 그뿐이니까. 한데 네 말을 들어보니 그도 많이 늙은 모양이구나. 노부를 찾아왔을 때는 반백의 머리에 꽤나 인상이 날카로웠는데 말이다."

너털웃음을 흘리던 생사의괴가 갑자기 눈빛을 빛냈다.

"손녀가 비무대회에 참가했으면 그도 왔을 터. 왜 그 생각을 하지 못했을꼬. 흠, 어쩌면 다시 한번 그를 만날 수도 있겠군."

"아니요, 그렇지는 않고요."

생사의괴가 의문 어린 시선을 보내자 풍월이 착잡한 표정으로 말했다.

"초 소저가 할아버지께서 돌아가셨다고 제게 말했습니다."

"주, 죽었다고? 거, 검황이?"

생사의괴의 눈동자가 지진을 만난 것처럼 흔들렸다.

"그분이 검황이 틀림없다면요."

멍한 얼굴로 풍월을 바라보던 생사의괴의 입에서 허탈한 웃음이 흘러나왔다.

"허허허! 인생무상(人生無常)이라더니 그토록 강했던 검황도 결국은 세월을 이기진 못했구나."

생사의괴는 검황을 만나 비무를 하고 몇 잔의 술을 나누어 마셨던 과거의 기억을 떠올리며 한참 동안 추억에 잠겼다.

생사의괴가 추억에 잠겨 있는 동안 곁에 있던 용패와 반갑게(?) 인사를 나눈 풍월은 추억에 빠져 있던 생사의괴가 다시금 현실 세계로 돌아오자 짓궂게 물었다.

"한데 초 소저를 치료하셨다고요?"

"그래."

"그거 어르신의 삼불 원칙에 어긋나지 않습니까?"

삼불이란 말에 움찔한 생사의괴가 짐짓 노기를 드러내며 말했다.

"소문이 과장되어 퍼진 것뿐이다. 직접 겪어보지 않았느냐? 네 녀석의 부탁으로 황산진가의 며느리를 치료했었다."

생사의괴의 말에 풍월이 자신도 모르게 주먹을 불끈 쥐었다. 당시 말도 안 되는 이유로 치료를 거부했던 생사의괴의 만행이 떠올라서다.

용패를 넘겨주는 대가로 겨우 치료에 성공했기에 망정이지 그때만 생각하면 지금도 피가 거꾸로 솟았다.

"설사 노부의 원칙이 그렇다 하더라도 검황과 연관이 있다는 것을 알았는데 어찌 외면할 수 있겠느냐?"

"한데 어르신께선 초 소저가 검황과 연관이 있다는 것을 어찌 아셨습니까?"

"바보냐? 당연히 그 아이의 무공을 보고 알았지. 특히 초반에 너를 곤경에 빠뜨린 무공은 노부도 그렇지만 네 할아버지들도 결코 잊을 수가 없는 것이다."

풍월이 인상을 찌푸리며 물었다.

"그녀가 사용했던 무공이 검황의 독문 무공인가요?"

"그래, 만압금쇄라고 검황을 상대한 사람들이라면 다들 치를 떠는 무공이다. 너도 겪어봤으니 대충은 알 것 아니냐?"

"그러네요. 정말 짜증 나면서도 위력적인 무공이었습니다."

만압금쇄는 정말 죽을힘을 다하고서야 간신히 빠져나올 수 있을 만큼 위력적이었다.

풍월이 자신도 모르게 몸을 떨자 이를 본 생사의괴가 코웃음을 쳤다.

"흥! 고작 그 정도에 시달리고 그러는 것이냐? 그 아이가 펼친 것은 검황 본인이 펼쳤을 때와 위력 면에서 비교 자체가 되지 않는다. 노부의 기억으로 만압금쇄를 버텨낸 사람은 마존과 음양쌍괴가 유일했고, 나머지 사람들은 제대로 감당하지 못하고 모조리 무릎을 꿇었다."

풍월은 생사의괴의 말에 아무런 대꾸도 할 수가 없었다.

초연의 만압금쇄도 엄청났다. 전력을 다하고서도 겨우 벗어났다. 만약 그녀의 내력이 조금만 더 심후했다면 뚫어낼 수 있을 것이라 장담할 수가 없을 정도였다. 한데 비교 자체가 되지 않는다니 검황의 만압금쇄는 어떨지 상상조차 되지 않았다.

'하긴 전성기 때의 음양쌍괴 노선배님도 백초를 겨우 넘겼다고 전해지니까.'

초연과의 대결을 통해 책으로만, 얘기로만 전해 듣던 검황의 강함을 조금은 체감할 수 있었다.

"한데 초 소저에게 어째서 비무대회에 참가한 것인지 물어보셨습니까?"

"아직 정신을 차리지 못한 아이한테 뭘 물어. 그런 표정으로 보진 말고. 앞서 말했듯 큰 고비는 넘겼다. 고생은 하겠지만 별 무리 없이 회복할 게야. 정신도 곧 돌아올 것이고. 걱정이 되기는 하는 모양이구나."

"당연하지요. 저와의 대결 때문에 그리 된 건데."

"흥, 네 녀석 얼굴을 보니 똥 마려운 강아지처럼 어쩔 줄 모르는 늙은이가 떠오르는구나."

"예?"

풍월의 반문에 생사의괴기 괴소를 흘리며 키득거렸다.

"남궁무백 말이다. 그크크. 그 늙은이도 노부처럼 그 아이의 무공을 알아봤다. 당연하겠지. 무적검성이란 자부심을 갈가리 찢어버린 검황의 무공이었으니. 아, 마존은 별말 없더냐?"

"마존이면… 궁주님이요?"

"그래, 비록 검황과 상대는 해보지 않았겠지만 모르진 않을게다. 검황과의 패배에 누구보다 자존심 상해하며 극복하려고 노력하는 자들이 역대 마존들이었으니까."

"저도 정신을 차린 지가 얼마 안 되서……."

"아, 그렇지. 노부가 잠시 잊고 있었다. 뭐, 굳이 물을 필요도 없겠군. 지금쯤 그 아이에 대해 열심히 조사를 하고 있을 텐데 그래 봤자 알 수 있는 것은 별로 없을게다. 아직 정신을 차리지도 못한 데다가 남궁무백이 다른 자들의 접근을 결코 허락하지 않을 테니까."

아닌 게 아니라 남궁무백은 정무련주의 권한으로 그녀가
치료를 받고 있는 곳에 대해 모든 접근을 차단하라는 명을 내
려둔 상태였다.

"그나저나 검황의 손녀가 비무대회에 참가한 것 자체가 정
말 의문이네요. 아무리 생각해도 이해가 되지 않아요."

"노부도 의문이다. 그 아이가 당대 검황이라 가정했을 때
비무대회가 아니라 가장 먼저 마존을 찾아갔어야 했다. 더불
어 새롭게 무림십대고수에 오른 자들도. 역대 검황의 행보대
로라면 그것이 맞다. 한데 뜬금없이 비무대회라니……."

미간을 잔뜩 찌푸린 생사의괴가 말을 이었다.

"더 이상한 것은 그 아이의 실력이다. 물론 지금 실력만으
로도 무림십대고수들과 자웅을 겨룰 만하나 역대 검황이 보
여줬던 압도적인 무위를 감안했을 때 터무니없이 부족하다.
네게 꺾인 것만 봐도 말이 되지 않는 수준이야. 그럼에도 불
구하고 무림에 모습을 드러냈다는 것은 뭔가 우리가 알지 못
하는 일이 벌어지고 있는 것은 아닌가 하는 생각이 드는구
나."

"혹시 짐작하시는 바가 있습니까?"

풍월이 조심스레 물었다.

"조금 전 네 말을 듣고 혹시 네가 말한 암중 세력 때문이

아닐까 하는 생각은 해봤다. 정마대전을 종식시킨 후, 그간 무림의 분쟁에는 일체 개입하지 않았던 검황의 행보와는 맞지 않는다. 하지만 네 말대로 무림에 암중 세력이 존재하며 그 암중 세력이 무림의 분란을 위해 세상에 천마도를 풀었다면 검황의 후예가 화평연에 맞춰 세상에 공개되는 천마도의 비밀 때문에 이곳에 왔다는 것도 대충 설명은 되지 않겠느냐?"

말을 하면서도 생사괴의는 딱히 자신의 설명에 대해 자신이 있는 얼굴은 아니었다.

"그렇다고 비무대회에 참가할 이유가 없잖아요. 초 소저의 입장에서야 애들 장난처럼 보였을 텐데."

"그거야 노부도 모르지. 애당초 그 아이가 정말 검황의 후계자로 무림에 나온 건지, 또 천마도 때문에 이곳에 온 건지도 정확치 않고."

"결국 초 소저가 깨어나 봐야 이유를 안다는 말이군요."

"그렇지."

결국 빙글빙글 돌아 원점이다.

풍월과 생사의괴는 서로의 얼굴을 보며 쓴웃음을 지었다.

"어쨌거나 너나 그 아이나 이만하길 다행이다. 치료도 제대로 된 것 같고. 원래는 노부가 직접 손을 쓸까 해서 왔는데 그럴 필요가 없으니 이만 일어나련다. 아, 그 전에……."

생사의괴의 시선이 자신에게 향하자 용패가 손에 들고 있던 목함을 얼른 건넸다.

"이미 영약을 복용하였으니 굳이 지금 당장 복용할 필요는 없고, 나중에 필요하다 생각할 때 사용하거라."

얼떨결에 목함을 받아 든 풍월이 함을 열자 진한 약 냄새가 순식간에 방 안을 덮었다.

"보령단(保靈丹)이다. 패천마궁에서 네게 복용시킨 것에 비할 바는 아니나 그래도 나름 쓸모는 있을게다."

"감사합니다. 감사합니다, 어르신."

풍월은 진심을 담아 인사를 올렸다.

별것 아닌 것처럼 말해도 다른 사람도 아닌 천하제일의 생사의괴가 만든 약이다. 별것 아닐 리가 없었다.

"인사는 노부가 아니라 이놈에게 해라. 이놈이 네게 은혜를 갚아야 한다고 어찌나 난리를 피우는지. 세상에 사부를 협박하는 제자 놈이 또 어디 있더란 말이냐?"

생사의괴가 용패를 향해 눈을 부라렸다.

풍월에게 보령단을 내주기까지 시달린 것을 생각하면 치가 떨렸다.

"고마워요, 용 형. 덕분에 이런 보물을 얻었네요."

풍월이 용패에게 감사의 인사를 하자 용패는 진한 미소와 함께 엄지손가락 하나를 슬며시 치켜올렸다.

"인사는 이쯤하고 우리는 이만 물러가자. 아무래도 손님이 찾아온 것 같은데 우리 때문에 들어오지 못하는 것 같다. 쥐새끼처럼 기웃거리는 것이 영 거슬리는구나."

"눈치채셨습니까?"

풍월이 웃으며 물었다.

"예전만큼은 아니나 아직 죽지 않았다. 죽다 살아난 네놈도 눈치채는 것을 설마하니 노부가 놓칠 줄 알았느냐. 한데 아는 놈이냐?"

"예, 인연이 닿아 동생 삼은 녀석입니다. 군산에 온 줄도 몰랐습니다. 아무래도 제가 다쳤다니까 걱정이 되어서 와본 모양이네요."

"동생? 허! 너보다도 어린놈의 기척이 무슨……."

생사의괴는 기가 막히다는 표정을 지으며 고개를 설레설레 내젓곤 풍월의 인사에 손을 휘휘 내저으며 방을 나섰다. 생사의괴를 따라 용패까지 방문을 나서자 풍월이 창문 쪽을 바라보며 말했다.

"언제까지 거기 있을 건데? 이제 들어와라."

말이 끝나기가 무섭게 형웅이 방 안으로 들어왔다.

"흐흐흐. 오랜만입니다, 형님."

"그러게 꽤나 오랜만이……."

알은척을 하던 풍월이 형웅의 얼굴을 확인하곤 놀란 눈을 치켜떴다.

"야, 너, 얼굴이 왜 그러냐?"

"왜요? 뭐가 잘못됐습니까?"

형웅이 자신의 얼굴을 문지르며 물었다.

"아니, 그때 혈우야괴랑 싸우면서 이렇게 상처가 났었잖아."

풍월이 양손을 모아 얼굴 앞에서 사선으로 교차했다.

"상처가 워낙 깊어서 심하게 흉터가 남을 줄 알았지. 그런데 지금은 말끔하잖아."

"그렇죠? 이렇게까지 만든다고 얼마나 고생을 했는지 모릅니다. 흐흐흐. 그래도 형님 반응을 보니 제대로 성공한 것 같아서 기분은 좋네요."

"성공 정도가 아닌데. 자세히 보지 않으면 흉터가 있는지도 잘 모르겠다."

"엄청 고생했다니까요. 온갖 방법을 다 동원하느라 돈도 많이 들고."

침상 맞은편 의자에 털썩 주저앉은 형웅이 식은 차를 들이켜며 말했다.

"쳇, 술이면 얼마나 좋아. 아무튼 방금 나간 영감은 누굽니까? 풍기는 기운이 보통 인물은 아닌 것 같던데요."

"생사의괴 어르신."

"……"

형웅이 놀라움을 감추지 못하고 입을 쩍 벌렸다.

"참고로 너 때문에 일찍 가신 거다. 쥐새끼가 기웃거린다고 하시면서."

"쥐… 새끼는 좀 그렇네요. 정작 쥐처럼 생긴 건 영감탱이……"

인상을 찌푸리며 말하던 형웅이 아차 싶은 얼굴로 말끝을 흐리며 풍월의 눈치를 살폈다.

"상관없다. 나라님도 자리에 없으면 욕한다잖아. 네 말대로 생사의괴 어르신이 쥐 상이긴 해. 크크크."

"흐흐흐. 그렇죠?"

형웅이 마주 보며 웃었다.

"그런데 여기까진 어쩐 일이야?"

풍월이 물었다.

"형님 보러 왔죠. 몸은 좀 괜찮아요?"

"아니, 군산까지 무슨 일이냐고?"

"비무대회 보러 왔죠."

형웅이 당연한 걸 묻느냐는 표정으로 대답했다.

"매혼루의 루주가 함부로 다녀도 되는 거야? 널 알아보는 사람이 있으면 어쩌려고. 매혼루의 매자만 들어도 치를 떠는 사람이 꽤나 될 텐데."

"누가 제 얼굴을 안다고요. 일전에 같이 다녔던 은 형도 없잖아요."

"그렇긴 하다만 그래도 너무 위험한 것 같은데. 한데 혼자 오진 않았겠지? 몇 명이나 온 거냐?"

"혼자 왔는데요."

"뭐?"

"혼자 왔다고요."

"매혼루의 영감들이 널 혼자 보내? 꽤나 고지식한 위인들 같던데."

"때려치웠어요, 매혼루의 루주. 그 영감들은 제가 여기 있는지도 모를걸요."

"미… 친."

태연스레 차를 홀짝이는 형웅과는 달리 풍월은 결코 그럴 수가 없었다.

"대체 무슨 생각인 거냐?"

풍월이 물었다.

"진작부터 생각하고 있었어요. 아버지 복수도 했으니 이제 사람답게 살아보려고요. 형님도 대충은 알잖아요. 제가 어떤 삶을 살아왔는지."

"……"

풍월이 애잔한 얼굴로 바라보자 형웅이 갑자기 몸을 떨었다.

"으으으! 생각만으로도 싫다."

과장된 몸짓으로 몸을 흔든 형웅이 찻잔을 들다 내려놓고는 고개를 이리저리 돌렸다.

"그런데 여기 술은 없나 보네요. 이딴 식은 차 말고."

"당연한 거 아냐? 환자 있는 곳에 술이 웬 말이냐?"

풍월의 말에 형웅이 어이없는 얼굴로 바라보았다.

"나한텐 그리 독설을 퍼붓더니 형님 몸은 무척이나 챙기네요."

"독설이라니 뭔 소리야?"

"기억 안 나세요? 제가 혈우 노괴와 싸우고 죽다 살아나서 간신히 형님을 만나러 갔을 때 대뜸 술잔을 건네며 했던 말."

"그게……"

풍월이 말끝을 흐렸다.

"마신다고 안 죽어."

"……"

"설마 기억이 안 난다는 말은 아니겠죠?"

"그랬… 나?"

"네."

"이상하네. 내가 환자한테 그렇게 모질게 대할 놈은 아닌데."

풍월의 말이 끝나기도 전에 문이 벌컥 열리며 우렁찬 목소리가 들려왔다.

"아니, 충분히 모질게 할 놈이다, 너는."

거침없이 방 안으로 들어선 구양봉이 문을 닫으며 바깥을 향해 소리쳤다.

"형이 다친 동생 좀 보러 오는 걸 가지고 뭘 그리 야단이야? 때 되면 알아서 돌아갈 테니까 신경 좀 끄라고."

문은 닫히지 않았다. 순후의 명으로 주변을 지키던 이들이 때맞춰 문을 잡아챈 것이다.

그들은 구양봉의 뻔뻔한 태도에 무척이나 화가 난 상태였다.

"아무리 개방의 후개라도 이러면 곤란하지."

밀은단 오조장 여조가 살기 어린 눈동자를 번뜩이며 말했다.

그의 뒤에선 세 명의 대원들 또한 명만 떨어지면 금방이라도 방 안으로 뛰어들어 구양봉을 공격할 준비를 했다.

"당신들이야말로 이러면 안 되는 거 아냐? 동생이 어쩔 수 없이 패천마궁을 대표하게 되었다고는 하나 비무대회는 이미 끝났고 이제는 패천마궁과 별 상관없는 사람이잖아. 한데 어째서 길을 막는 건데?"

"풍 공자의 안위를 보호하라는 명을 받았다."

"말은 바로 해야지. 보호가 아니라 감시잖아. 아냐?"

"함부로 말하지 마라."

여조의 살기가 한층 진해졌다.

"시끄럽고. 우리끼리 지랄해 봤자 의미 없는 거잖아. 누구 말이 맞는지 당사자한테 물어보면 될 것 아냐?"

구양봉은 여조의 대답을 기다리지도 않고 풍월에게 고개를 홱 돌렸다.

"이 형님의 말이 틀려?"

풍월은 물끄러미 구양봉의 얼굴을 바라보았다.

다른 곳도 아니고 패천마궁 진영으로 혼자 들어온 것도 놀랍거니와 마치 자신의 집에 온 것처럼 저리 뻗대는 것을 보면 배짱이 좋은 건지, 아니면 뇌가 없는 것인지 도통 알 수가 없었다.

가볍게 한숨을 내쉰 풍월이 여조에게 말했다.

"의형이 병문안을 온 것이니 크게 문제 삼지 않았으면 합니다."

"하지만……."

"군사께 말씀드리면 이해하실 겁니다."

풍월이 순후를 거론하자 여조도 한 걸음 물러설 수밖에 없었다. 풍월의 처소를 지키되 최우선은 풍월의 말을 거스르지 말라는 명이 있었기 때문이다.

"알겠… 습니다."

여조가 가볍게 고개를 숙이며 물러났다. 몸을 돌리기 직전 그의 시선이 형응에게 머물렀다.

형응이란 존재를 확인하자 여조는 무척이나 당황을 했다.

자신이 기억하는 한 풍월의 처소에 출입한 사람은 생사의 괴와 개방의 버릇없는 후개뿐이다.

'언제……'

여조의 눈빛이 형응에게 향하는 것을 눈치챈 풍월이 얼른 말했다.

"제가 아는 동생입니다. 조금 전에 문병을 왔습니다."

동생이란 말에 다시금 물러설 수밖에 없었다.

"일단 군사님께 보고는 올리겠습니다."

여조가 다시금 예를 차리고 물러났다. 물러나기 직전 구양봉을 쏘아보는 것을 잊지 않았다.

그런 여조를 가소롭게 바라보던 구양봉은 문이 완전히 닫히자 형응이 앉아 있던 탁자를 향해 성큼성큼 걸어가 그의 맞은편에 앉았다.

"그런데 누구?"

"형… 우라고 합니다."

형응이 순간적으로 이름을 바꿨다.

상대는 개방의 후개, 혹여 이름 때문에 정체가 드러날 수도 있다고 여긴 것이다. 게다가 지금은 은퇴(?)를 했다지만 어쨌건 과거 매혼루의 루주라는 신분으로 개방의 후개를 만나는 것은 분명 부담이었다.

"형우?"

고개를 갸웃거린 구양봉이 잠시 형응을 살피더니 피식 웃었다.

"너구나. 매혼루의 루주라는 애송이가. 뭘 그리 놀래? 내가 누군지 몰라? 무림의 떠오르는 신성이자 마성의 남자. 개방의 후개 구양봉이야. 어디서 되도 않는 거짓말을. 아, 그런데 형응이라고 하지 않았나?"

구양봉이 풍월에게 시선을 던지며 물었다.

설마하니 한눈에 자신을 알아볼 것이란 생각을 하지 못한 형응이 석상이 된 채 아무런 대꾸도 하지 못하고 있을 때 풍월이 키득거리며 말했다.

"애송이라니. 혈우야괴를 염라대왕 앞으로 보낸 녀석이야. 형님, 그러다 죽는 수가 있어."

"에이, 설마 그런 걸로 칼부림을 할까. 이보게, 동생. 농이니까 너무 마음에는 두지 말고. 이렇게 만난 것도 인연인데 술이나 한잔할까?"

구양봉이 손에 든 술병을 빙글빙글 돌리며 물었다.

술병이 움직일 때마다 코끝을 간지럽히는 주향이 방 안을 가득 채웠다.

형응은 사양하지 않고 술잔을 내밀었다.

구양봉과 형응은 주거니 받거니 하며 순식간에 술병을 비웠다.

"이거 꽤나 독한 술인데 동생이 제법 술을 마실 줄 아는군."

"맛이 좋은데요. 죽엽청 같은데 뭔가 다른 것 같기도 하고."

술이 떨어진 것이 아쉬운지 형응이 입맛을 다시며 말했다.

"호! 아우의 말이 맞아. 죽엽청은 죽엽청인데 조금 특별한 죽엽청이라고나 할까."

"특별하다니요?"

차마 술을 달라는 소리는 못 하고 방 안을 가득 채운 주향에 침만 질질 흘리고 있던 풍월이 물었다.

"이거 군산에서만 자생하는 반죽(斑竹)으로 만든 거거든. 내가 보기엔 똑같은 대나무인데 술을 담그면 미묘하게 맛이 다르다고 하네. 나도 그걸 알아차리는 데 꽤나 오래 걸렸어. 한데 형응 동생은 한 번에 그걸 알아맞힌 거고. 주당의 자질이 보여."

구양봉의 말에 풍월이 새삼스러운 얼굴로 형응을 바라봤다.

"알잖아요. 제가 힘들게 생활했다는 거. 그 시름을 술로 풀었어요. 그런데 구양 형님, 술 더 없습니까?"

형응은 이대로 술자리를 파하기가 못내 아쉬운 모양이었다.

"아무래도 부족하지?"

"예."

"잠깐 기다려 봐. 없으면 가져오면 되지."

자리에서 벌떡 일어난 구양봉이 문을 박차고 나갔다.

거침없이 움직이는 것을 보면 문밖을 지키는 여조 등과 충돌이 있을 수도 있다는 생각은 전혀 하지 않는 것 같았다.

잠시 후, 병이 아니라 아예 술을 동이째 들고 온 구양봉이 환호하는 형응의 모습에 어깨를 으쓱거리며 말했다.

"이거 상비사 주지 스님께 비싸게 주고 얻어온 거니까 남기면 안 된다."

"비싸게 얻다니요?"

풍월이 물었다.

"흐흐흐! 천마도."

풍월은 괴소를 터뜨리는 구양봉을 보며 할 말을 잃었다.

개인 자격으로 천마도의 비밀을 얻으려면 황금 오십 냥을 준비해야 한다.

한마디로 술 한 동이가 황금 오십 냥이나 마찬가지란 소리였다.

"너무 기함하지 말고. 말은 그렇지만 솔직히 이곳 상비사에서 공개하는 건데 주지 스님을 쫓아내기는 좀 그렇잖아. 돈을 내라고 할 수도 없고. 이렇게라도 핑계를 만들어주는 거지. 주지 스님도 그걸 아니까 흔쾌히 술을 내준 거고. 이거 마지막 남은 죽엽청이라 하더라."

"꿈보다 해몽이 좋네. 어쨌거나 황금 오십 냥이나 준 술이니까 맛이나 좀 볼까?"

풍월이 슬며시 술자리에 끼어들었다.

"괜찮겠냐?"

구양봉이 슬쩍 물었다. 말은 그리하면서도 전혀 걱정스러운 얼굴이 아니었다.

풍월이 이미 술동이에 손을 뻗고 있는 형웅을 힐끗 바라보며 말했다.

"설마 죽기야 하겠어."

"맞다. 이거 좀 마신다고 안 죽는다."

구양봉이 풍월의 어깨를 두드리며 술잔을 건넸다.

그것을 시작으로 세 명은 주거니 받거니 하며 흥겹게 술을 들이켰다. 그들이 따로 부탁도 하지 않았는데 간단한 술안주까지 준비가 되었다.

커다란 술동이가 바닥을 드러낼 즈음, 아무래도 부상 때문인지 어느 순간부터는 취기가 확 올라 상대적으로 자제를 하고 있던 풍월이 구양봉에게 물었다.

"그런데 거기 통제는 되는 거야? 천마도의 비밀이 알려지면 먼저 가려고 난리가 날 텐데."

구양봉이 형웅을 힐끗 바라보며 말했다.

"되는 데까지는 통제를 해봐야지. 천마도의 비밀을 공개하는 자리에서 어느 정도 협상도 해야겠고."

"들으려 할까? 보물이라면 다들 눈이 뒤집힐 텐데. 천마총에 도착하기는커녕 도중에 칼부림이 나도 하등 이상할 것이 없는 상황일걸."

"그럼 오히려 손해지. 그걸 선택하는 것도 그 작자들 선택이고."

"하긴, 우리가 그것까지 생각해 줄 필요는 없지. 그나저나 작심하고 분탕질을 치기 딱 좋은 여건이네."

"분탕질? 누가?"

"누구긴 누구야. 암중 세력, 가짜 천마도를 푼 놈들이지. 분명 어떤 식으로든 개입을 할걸. 참, 그놈들 사신각하고도 엮여 있잖아. 그동안 별문제 없었냐?"

풍월이 형웅에게 물었다.

"사신각이요? 문제 있을 게 있나요. 바로 꼬리를 말고 도망쳤는데."

형웅이 약간은 풀린 눈으로 코웃음을 쳤다.

"꼬리를 말고 도망을 치다니?"

"솔직히 우리도 조금 걱정을 했어요. 혈우 노괴하고 귀살곡을 이용해서 우리를 치려다 실패했으니까 분명히 사신곡을 동원하거나 그 이상의 세력으로 우리를 칠 가능성이 있다고. 귀살곡의 잔당들을 우리가 흡수한 이유도 혹시 모를 공격에 대비한 것이었는데 별 의미가 없더라고요."

"의미가 없다? 뭔 소리야?"

"패천마궁이 사신각의 뒤를 쫓았어요. 묵영단이 움직인 것 같던데 이후론 우리와 엮일 일이 전혀 없었지요. 뭐, 패천마궁 쪽에서도 별다른 성과를 얻은 것 같지는 않았지만. 아참, 개방에서도 끼어든 것 같던데 맞죠?"

"끼어들었다기보다는 그냥 조금 조사를 하는 수준이었지. 허탕 친 건 마찬가지지만."

다소 신경질적으로 술잔을 들이켠 구양봉이 목소리를 살짝 낮추며 말했다.

"하지만 이번엔 안 놓친다. 어디 수상한 낌새만 보여봐. 아주 영혼까지 탈탈 털어버릴 테니까."

"제발! 좀 그래봐. 형님도 알잖아. 우리 가족에게 일어난 일들의 배후에 놈들이 있다는 거."

누군가에 대한 분노 때문인지 아니면 단순히 취기 때문인지 풍월의 목소리가 꽤나 높아졌다.

"나만 그런 게 아니네. 네 아버님 일도 결국은 그놈들이 배후에 있는 거 아냐?"

풍월의 물음에 형웅이 조금 굳은 표정으로 술잔을 들었다.

"그렇긴 하지요. 직접적으로 움직인 것은 혈우 노괴지만."

"만약에 배후가 밝혀지면 어떻게… 아니다. 넌 빠져라. 내가 취하긴 취한 모양이다. 사람답게 살겠다는 놈한테 무슨 헛소리를 하는 거야."

양손으로 자신의 뺨을 툭툭 때린 풍월이 형웅에게 어깨를 두르며 말했다.

"일단은 모른 척해. 참을 수 있을 때까지 참아보고. 네 복수까지 내가 해줄 테니까."

"그럴까요? 흐흐흐! 그래요, 그럼. 믿어보죠."

형웅이 기꺼워하며 술잔을 들었다. 풍월도 술잔을 들었다. 이에 지지 않고 구양봉도 술잔을 들었다.

셋이 술잔을 부딪치려는 찰나, 구양봉이 갑자기 동작을 멈췄다.

"왜, 또?"

풍월이 신경질을 부렸지만 구양봉의 시선은 형웅에게 향해 있었다.

"야, 너, 내 동생 해라."

"예?"

"동생 하라고."

"뭔 소리야. 지금도 형, 동생 하고 있고만."

풍월이 핀잔을 주자 구양봉이 나름 정색을 하며 말했다.

"그런 거 말고. 진짜 형, 동생."

그제야 구양봉의 말뜻을 이해한 풍월이 가만히 술잔을 내려놨다.

"감당할 수 있겠어? 매혼루의 수장이었어. 제 놈 말로는 은퇴했다지만 앞으로도 어떻게든 엮일 건 뻔하고. 개방의 후개로서 많이 곤란해질 텐데."

"곤란은 개뿔이. 거지새끼가 언제부터 남의 눈치를 봤다고. 마음에 들면 동생도 삼고, 형님도 삼고 하는 거지. 넌 싫냐?"

"나? 나야 이미 동생 삼기로 했는데, 뭐."

풍월이 어깨를 으쓱거리며 형응의 팔을 툭 쳤다.

"그럼 됐잖아. 뭐가 문제야? 설사 내가 감당 못 할 일이 생기면 네가 나서면 되는 거 아냐? 검선과 마도의 후계자께서 말이지."

구양봉이 형응에게 고개를 돌렸다.

"우리 둘은 결정했다. 너는 어떠냐?"

형응은 말보단 행동으로 보여줬다.

"절 받으십쇼, 형님들."

어느새 바닥에 무릎을 꿇고 인사를 하는 형응을 보며 구양봉과 풍월이 환하게 웃었다.

"아, 잠깐."

구양봉이 갑자기 문을 박차고 나갔다. 그러고는 잠시 후, 여조를 끌고 왔다.

구양봉의 손에 억지로 끌려온 그의 얼굴엔 불쾌한 감정을 억지로 참고 있는 것이 확연히 드러났다.

구양봉의 손을 거칠게 뿌리친 여조가 풍월에게 공손히 말했다.

"제게 부탁하실 일이 있다고 들었습니다."

"부탁이라면……."

풍월이 영문을 몰라 어리둥절한 표정을 짓자 구양봉이 풍월과 형응에게 재빨리 술잔을 돌린 다음 말했다.

"증인 좀 하라고 불렀다."

"뭐라고?"

여조가 구양봉을 향해 매섭게 반응했다.

"지금 우리 세 사람 결의형제를 맺으려고 하는데 증인 좀 하라고."

"……."

천연덕스럽게 말하는 구양봉을 보며 여조는 극한의 인내심으로 화를 억눌렀다.

몇 번이나 폭발할 것 같은 분노가 치솟을 때마다 풍월을 보며, 순후의 명을 기억하며 참고 또 참았다.

　그렇게 여조는 구양봉과 풍월, 그리고 형응이 결의형제를 맺는 순간의 증인이 되었다.

제42장

천마도(天魔圖)

　풍월이 구양봉과 함께 상비사 대웅전에 모습을 드러낸 것은 해가 중천에 떴을 때였다.

　퀭한 눈동자하며 어두운 안색이 누가 봐도 환자라 여겨질 모습이었으나, 군산에 남은 모든 이들이 풍월의 부상 회복에 촉각을 곤두세우고 있었기에 그의 초췌한 몰골이 단지 부상 때문이 아니라 부상에서 회복을 하기도 전 마신 술의 영향 때문이라는 것을 알 만한 사람은 다 알고 있었다.

　풍월은 자신을 바라보는 이들의 시선이 과히 좋지 않음을 느끼곤 그들 모두를 향해 정중히 인사를 했다.

특히 화산파 장문인에겐 따로 인사를 드리는 것을 잊지 않았는데 화산의 연화봉엔 도진과 청연 등이 여전히 머물고 있었고 화산파의 장문인과의 기억이 나쁘지 않았기 때문이다.

상비사 대웅전에 모인 사람은 대략 이백여 명 정도였다.

천마도의 가치와 천마도가 지금껏 무림에 어떤 풍파를 가져왔는지를 감안했을 때 생각보다 적은 인원이라 여길 수도 있겠지만 대웅전에 들 수 있는 인원을 각 파에서 두 명으로 제한을 했다는 것을 감안하면 결코 적은 인원이 아니었다.

문파와 세가, 세력들의 수가 대충 칠십여 곳이고 나머지는 개인의 자격으로 참여했다.

개인 중에는 단순히 호기심을 충족하기 위해 황금 오십 냥이란 돈을 버린 자들도 있었는데 황족들과 상인들, 지역의 유지나 거부들로 그 수는 대략 삼십 정도였다.

아무튼 그들 모두의 기대를 한 몸에 받은 풍월이 화산파 장문인과의 인사를 마치고 미리 자리를 잡고 있던 제갈중의 곁에 앉았다.

"몸은 괜찮은가?"

마주 앉은 정무련주 남궁무백이 부드러운 미소로 풍월을 반겼다.

"예, 많은 분들이 염려해 주신 덕분에 많이 좋아졌습니다."

"그것 참 다행스러운 일이군."

남궁무백이 미소 띤 얼굴로 고개를 끄덕일 때 바로 옆에서 퉁명스러운 음성이 튀어나왔다.

"듣자니 후개와 또… 아무튼 누군가와 결의형제를 맺었다지? 이 또한 축하하네."

축하를 한다고는 하나 무학 진인의 입가에 걸린 것은 명확한 비웃음이었다.

풍월은 굳이 변명하고 싶은 생각이 없었다.

"하하! 감사합니다. 그냥 저희끼리 의기투합한 일인데 어느새 부련주님의 귀까지 들어간 것을 보니 어째 감시라도 받는 느낌입니다."

"누가 감시를 했단 말인가?"

무학 진인이 불쾌한 표정으로 되물었을 때 독고유가 그의 말을 간단히 잘랐다.

"쓸데없는 소리나 듣자고 모인 게 아니다."

독고유가 입을 열자 어딘지 모르게 들떠 있던 대웅전의 분위기가 착 가라앉았다.

"우선 그대에게 묻고 싶군."

독고유의 시선이 처음 앉은 자세 그대로 꼿꼿하게 등을 세우고 앉아 있는 제갈중에게 향했다.

"천마도의 비밀을 풀었다는 것이 사실인가?"

제갈중이 독고유의 날카로운 눈빛을 담담히 받아내며 말했다.

"제갈세가의 명예를 걸고 말씀드리지요. 천마도의 비밀을 풀었다는 것은 사실입니다."

"음."

독고유가 침음을 흘리며 입을 다물자 제갈중이 자리에서 일어났다.

"아시는 분은 아시겠지만 우선 그간의 경과에 대해 간단히 말씀을 드리겠습니다."

어느 날, 풍월과 구양봉이 찾아왔다는 것으로 입을 연 제갈중은 천마도의 비밀을 풀기 위해 제갈세가가 얼마나 많은 노력을 기울였는지 하나하나 설명을 했다.

자칫 설명이 길어지면 지루할 만도 했지만 제갈세가에서 천마도의 비밀을 풀기 위해 시도한 방법들이 너무도 다양하고 기상천외한 것들이 많은지라 누구 하나 지루함을 느끼지 못했다.

오히려 상상도 할 수 없는 방법까지 동원하며 결국 천마도의 비밀을 풀어낸 제갈세가의 노력에 경의를 보낼 정도였다. 특히나 갈가리 찢긴 천마도를 내보였을 땐 다들 할 말을 잃을 정도였다.

"그렇게 해서 천마도의 비밀을 일부나마 엿볼 수 있었습니다."

"일부라면 완전하지 않다는 겁니까?"

독고유와 나란히 앉아 있던 순후가 물었다.

"완전하지 않습니다."

완전하지 않다는 말에 대웅전이 크게 술렁거렸다.

제갈중이 혹시 모를 소란을 막기 위해 재빨리 입을 열었다.

"하지만 천마총의 위치와 들어갈 수 있는 방법, 초입에 펼쳐진 기관매복 등의 파훼법은 확인했습니다."

"그래서, 천마총이 있는 곳이 어딘가?"

오직 순수한 궁금증을 해결코자 황금 오십 냥을 버린 구황야의 질문에 대웅전엔 순간적으로 정적이 찾아왔다.

제갈중은 그 정적을 온몸으로 만끽하며 천천히 입을 열었다.

"천마총은 장가계 천문산에 있습니다. 그리고……."

제갈중이 말을 잇자 잠시 일었던 소란은 금세 잦아들었다.

"천문산 남서쪽에 굽이굽이 펼쳐진 통천대로 끝에 천문동이 있습니다. 바로 그 천문동이 천마총의 입구라 생각하시면 됩니다."

대웅전에 모인 대부분의 사람들이 천문산을 알지 못했다.

당연히 통천대로니 천문동이니 거론을 해도 제대로 이해를 하지 못했다.

"잠시만요. 제가 한 말씀 드려도 되겠습니까?"

사마세가의 가주 사마연이 입을 떼자 모든 시선이 일시에 그에게 쏠렸다.

사대세가도 아닌, 새롭게 부각되는 삼대세가에 속하지 않음에도 사마세가가 무림인들에게 얼마만큼 큰 영향력을 가지고 있는지를 단적으로 보여주는 모습이었다.

"경청하겠습니다."

제갈중이 정중히 청했다.

"다들 천문산, 정확히는 천문동에 대한 이해를 잘 하시지 못하는 것 같아 제가 부연 설명을 하고자 합니다."

"가주께서 천문동을 아신단 말이오?"

무학 진인이 놀라 물었다.

"안다기보다는 지인을 통해 들었습니다."

무학 진인을 비롯해 몇몇의 얼굴에 실망의 빛이 스쳐 지나갔지만 사마연은 동요 없이 말을 이어갔다.

"일단 천문산이 있는 장가계는 토가족의 터전입니다. 천문산은 토가족이 신성시하는 산으로 많은 인원들이 무작정 몰려가면 그들과 큰 충돌을 하게 될 것입니다."

"그까짓 충돌 따위야……."

목청을 높이던 누군가가 사마연의 시선에 황급히 입을 다물었다.

"통천대로는 말 그대로 하늘로 향하는 길이라는 뜻입니다. 지인의 표현으론 여의주를 문 용이 승천하는 모양과 닮았다고 하더군요. 이름은 멋들어지나 오를 때 죽을 고생을 했다고 합니다."

잠시 웃음이 들렸다가 빠르게 사라졌다.

"그 길 끝에 있는 것이 바로 천문동입니다. 여기서 착각하지 마셔야 하는 것이, 천문동은 여러분들이 생각하시는 단순한 동굴이 아닙니다. 이렇듯 하늘로 치솟은 양쪽 절벽이 무너지며 자연적으로 만들어낸 문이라고 보시면 될 겁니다."

사마연이 양 손가락을 모으며 문 모양을 만들어 보였다.

"그리고 그 천문동을 통과하면 천문산 내부에 형성된 분지에 들어가게 된다고 합니다. 아마도 천마총은 바로 그 분지 어딘가에 있는 것이 아닌가 싶습니다만. 어쩌면 그 분지 전체를 가리키는 말일 수도 있고요."

사마연의 말에 제갈중은 감탄을 금치 못했다.

"정확합니다. 본가에선 천문동을 통해 들어갈 수 있는 그 분지 자체가 천마총이라 판단했습니다. 해서 천문동을 천마총의 입구라 표현한 것이고요. 문제는 천문동을 지나쳐 분지 중앙으로 가는 길이 결코 만만치 않다는 겁니다. 지금까지 파악한 것만 말씀드려도 초입에 설치된 기문진이 두 개에, 기관매복이 도합 아홉 개입니다. 그 외에도 상당히 많은 위험이 우리를 기다리고 있을 것이라 예상됩니다. 아, 참고로 본가가 조사한 바로는 천문산, 특히 천문동을 신성시하는 토가족들은 결코 천문동을 넘지 않았다고 합니다. 한 번 넘으면 결코 돌아올 수 없다는 두려움이 뿌리 깊게 박혀 있다는군요."

"기관매복에 당한 것인가요?"

"그렇게 예측됩니다."

기관매복과 기문진을 비롯해서 온갖 위험이 상주하고 있다는 말에 다들 표정이 어두워졌다.

"차라리 그게 나을 수도 있겠군. 능력도 없는 파리 떼들이 꼬여봤자 번잡하기만 할 테니까."

누가 들어도 불쾌한 말이었으나 딱히 반발은 나오지 않았다.

말을 한 사람이 패천마궁의 궁주인 데다가 정무련의 수뇌들을 비롯하여 구파일방이나 사대세가의 대표들 역시 그의 생각에 은연중 동조하고 있기 때문이었다.

"일단 현재까지 파악한 기문진과 기관매복에 대해 설명을 드리겠습니다. 기문진은 두 개가 설치되어 있는데 처음 만나는 진법이 만상미로진(萬象迷路陣)이고, 두 번째가 십방미혼진(十方迷魂陣)입니다. 기관매복은……"

제갈중은 그들이 파악한 기문진과 기관매복에 대해 빠르게 설명했다.

하지만 이름과 특징만 설명을 할 뿐 그것을 어찌 파훼하는 지에 대해선 굳이 설명을 하지 않았다.

말로 설명을 한다고 될 것도 아니었고, 최소한 그 정도도 해결하지 못할 정도라면 아예 포기하라는 의미이기도 했다.

"그리고 여러분들과 몇 가지 의논을 할 것이 있습니다."

"그게 무엇인가?"

남궁무백이 물었다.

"일전에도 밝혔듯이 천마총에 대한 탐사는 가급적 한날한 시에 함께했으면 좋겠습니다. 워낙 위험한 곳이다 보니 아무 래도 힘을 합치는 것이 피해도 줄일 수 있을 것이고, 또 과도 한 경쟁도 막을 수 있다고 봅니다. 만약 합의가 되지 않고 자 율적으로 움직인다면 천마총이 문제가 아니라 그 전부터 과도 한……"

"거절한다."

냉정한 한마디에 대웅전이 그대로 얼어붙었다.

"본궁은 지금 이 순간부터 천마총으로 향할 것이며 그 어떤 협의도 거부한다. 우리의 길을 막는다면 그것이 누가 되었든, 어떠한 세력이 되었든 부술 것이고 파괴할 것이다. 그것이 천마 조사님의 맥을 잇는 본궁의 의지다."

독고유의 전신에서 쏟아지는 마기가 대웅전을 압살시키려 할 때 남궁무백이 자리에서 일어났다.

"허허! 정마대전을 일으킬 수도 있는 위험한 발언이외다."

별다른 기운을 일으키는 것 같지도 않았지만 남궁무백을 중심으로 마기가 조금씩 밀려났다.

"본궁의 뿌리를 찾는 일이오. 필요하다면 그 어떤 일이라도 불사할 생각이오."

독고유의 단호한 대답에 남궁무백의 표정이 어두워졌다. 단순히 말이 아니라 자칫하면 정말로 정마대전이 벌어질 수도 있다는 생각 때문이었다.

그럼에도 천마총을 절대로 포기할 수 없는 이유가 있었다.

한숨을 내쉰 남궁무백이 착 가라앉은 음성으로 말했다.

"천마총이 오롯이 천마 조사를 위한 것이 아닐 수도 있소이다."

"무슨 뜻이오?"

"우내오존(宇內五尊)."

순간, 독고유의 눈썹이 꿈틀거렸다.

"말 같지도 않은 소리를……."

"확신하지 마시구려. 그렇다고 할 수도 없지만 딱히 아니라고 할 수도 없소."

"음."

독고유는 별다른 말을 하지 않았다.

자신의 생각이 맞는지, 아니면 남궁무백의 생각이 맞는지는 천마총에서 확인하면 될 일이었다.

"위지청, 거기 있느냐?"

독고유의 외침에 어느새 나타난 위지청이 그의 발아래 무릎을 꿇었다.

"지금 즉시 적귀대와 흑귀대에 연락하여 장가계로 떠날 준비를 하라 일러라."

"존명!"

위지청이 사라지자 독고유가 순후에게 말했다.

"이번 원정의 책임자는 군사다. 함께 온 삼대장로가 너를 보필할 것이며 위지청이 네 안전을 책임질 것이다."

"따르겠습니다."

순후가 허리를 꺾으며 명을 받았다.

독고유가 오만한 표정으로 대웅전에 모인 이들을 둘러보았다.

"경고한다. 주인이 있는 보물에 욕심을 내면 반드시 대가를 치르게 될 것이다."

남궁무백에 잠시 머물렀던 시선이 풍월에게 향했다.

독고유는 풍월의 표정이 일그러지는 것을 보고는 피식 웃으며 몸을 돌렸다.

*   *   *

"아주 난리도 아니네, 진짜."

풍월은 들판에 버려진 시신을 보고 미간을 찌푸렸다. 오늘만 벌써 다섯 구째였다.

"천문산에 가까울수록 사람도 많아지고 그만큼 분란도 많이 생기겠지요. 큰형님이 보내온 소식에 의하면 이건 아무것도 아니라고 했잖아요."

시신을 보고 질색하는 풍월과는 달리 형응은 별다른 표정 변화가 없었다.

"육 아저씨, 근데 얼마나 더 가야 되는 거죠?"

형응이 앞서 달리고 있는 배불뚝이 사내에게 물었다. 땀을 뻘뻘 흘리며 달리고 있던 육구가 손가락으로 정면을 가리켰다.

"저 멀리 보이는 산이 천문산이야. 한 반나절 정도 더 가면 도착할 것 같은데."

"그건 아침에도 한 얘깁니다."

"흐흐흐! 그땐 저것보다 더 작게 보였고요."

육구가 이마를 타고 흐르는 땀을 닦으며 씨익 웃었다.

구양봉이 풍월과 형웅을 안내하기 위해 보내준 그는 푸짐한 덩치만큼이나 성격도 좋았다.

아는 것도 많고 입담도 좋아서 함께 움직이는 동안 꽤나 친해졌다.

"이제 거의 따라잡지 않았을까요?"

풍월이 천문산을 힐끗 바라보며 물었다.

"예, 반 시진 정도면 후개께서 이끄는 본대와 합류할 수 있을 것 같습니다."

"엿새 만에 겨우 따라잡은 건가?"

풍월이 어깨를 좌우로 흔들며 말했다.

엿새 동안 제대로 쉬지도 못 하고 달려서 그런지 얼굴에 피곤함이 가득했다.

독고유가 어떠한 협상이나 거래 없이 천마총을 차지하겠다고 선언하고 군산을 떠나자마자 상비사 대웅전에 모였던 이들 역시 자리를 박차고 뛰어나왔다.

사방에서 전서구가 날아오르고 저마다 준비해 놓은 배에 올라 군산을 떠나는 데 걸리는 시간은 이각이면 충분했다.

풍월이 형웅과 함께 군산을 떠난 것은 그로부터 사흘 뒤, 그리고 정확히 엿새 만에 앞서 출발한 자들을 따라잡은 것이다.

"형님, 좀 쉬었다 갈까요?"

형응이 걱정스러운 얼굴로 물었다.

"왜, 피곤해?"

"난 괜찮은데 형님은 좀 쉬어야 할 것 같아서요."

"나도 괜찮은데."

풍월이 거친 숨을 몰아쉬며 말하자 형응이 실소를 내뱉었다.

"형님 얼굴이나 보고 그런 얘기를 해요. 당장에라도 쓰러져 죽을 사람처럼 인상을 쓰고 있으면서. 안 그래요, 육 아저씨?"

"흐흐흐! 그건 형 공자 말이 맞습니다. 많이 힘들어 보이십니다."

육구의 말에 풍월이 어이가 없다는 표정을 지었다.

'땀을 육수처럼 흘리고 있는 사람이 할 말은 아닌 것 같은데.'

차마 생각을 말로 옮길 수가 없어서 슬며시 고개를 돌려 외면했다.

하지만 확실히 힘들기는 했다.

사람들이 군산을 떠나고 사흘 동안 치료에 전념을 다했으나 부상이 완쾌된 것은 아니었다.

외상은 그렇다 쳐도 내상은 조금 더 시간을 두고 여유 있게 치료에 힘썼어야 했다. 밤마다 운기조식을 하며 최대한 치료를 해왔지만 워낙 강행군을 한 터라 원하는 수준까지 치료가 되지는 않았다.

'여차하면 어르신이 주신 보령단을 복용해야겠다.'

풍월은 보령단을 믿고 잠시 쉬자는 형웅의 말을 무시한 채 구양봉이 이끄는 개방의 본대와 합류할 때까지 쉬지 않고 달렸다. 그리고 육개의 말대로 반 시진 후, 계곡에서 휴식을 취하고 있던 개방의 본대를 만날 수 있었다.

풍월은 반기는 구양봉을 만나자마자 그 자리에서 보령단을 털어 넣고 운기조식을 시작했다.

운기조식은 거의 한 시진 가까이나 이어졌다.

"이제 좀 괜찮냐?"

풍월이 지그시 감았던 눈을 뜨자 운기조식을 하는 동안 바로 곁에서 호법을 서준 구양봉이 걱정스러운 얼굴로 물었다.

"그럭저럭."

풍월이 조금 전과는 비교도 되지 않을 정도의 개운한 얼굴로 고개를 끄덕였다.

"조금 전에 복용한 환약이 생사의괴 어르신이 주셨다는 그거 맞지?"

구양봉이 빈 목함을 들고 물었다.

"맞아. 별것 아니라고 하셨는데 역시 별거였어. 흐흐흐! 효과가 좋은데."

"겉으로 보기에도 그렇다. 피곤에 찌들었던 아까의 얼굴이 아냐. 부러운 놈."

구양봉이 목함에 남은 약 향에 코를 벌름거리며 말했다.

"쓸데없는 소리 하지 말고 먹을 것 좀 없어? 배고파 죽겠는데."

"그렇잖아도 준비하라고 했다. 대신 기대는 하지 마라. 이런 곳에서 준비하는 음식이야 뻔한 거니까."

하지만 말과는 달리 풍월에게 도착한 음식은 제법 잘 구워진 오리와 누룽지탕이었다.

풍월은 자신의 운기조식이 끝날 때까지 기다리고 있던 형응과 허겁지겁 음식을 먹기 시작했다.

"근데 지금 상황이 어떻게 돌아가고 있는 거야?"

풍월이 입안 가득 음식을 넣고 물었다.

"다 씹고나 말해라."

핀잔을 준 구양봉이 술병을 건네며 말했다.

"가장 빠른 것은 역시 패천마궁이야. 어젯밤에 천문동에 도착했다고 하더라."

"미친! 거의 하루 차이잖아. 얼마나 빨리 이동했다는 거야?"

"사흘을 따라잡은 네가 할 소리는 아니고. 아무튼 패천마궁을 필두로 무당파와 남궁세가 등도 천문동에 도착했다는 소식이 들려왔다. 아마 지금도 계속해서 도착을 하고 있겠지."

"그런데 아까 오다 보니까 곳곳에 시신들이 있던데 그쪽 분위기는 어때?"

"확실하진 않지만 아직까지 큰 충돌은 없던 것 같다. 대신 곳곳에서 끔찍한 참사가 벌어지고 있다더라."

구양봉이 한숨을 내뱉으며 술병을 들었다.

짚이는 것이 있었다.

"혹시 토가족?"

"그래."

"제갈세가의 가주께서 걱정하셨던 일이 벌어지는 모양이네."

"맞아. 이방인들이 자신들의 성지나 마찬가지인 곳에 갑자기 들이닥쳤으니까. 그들 입장에서야 적대시하는 것이 당연한데……."

"그걸 용납할 패천마궁이 아니지."

풍월의 말에 구양봉이 굳은 표정으로 고개를 저었다.

"아니, 패천마궁은 그나마 양호해. 제압을 하되 쓸데없는 살육은 하지 않는 것 같으니까. 오히려 정무련, 아니, 정무련에 속한 자들이 문제다. 그들 손에 초토화된 마을이 한둘이 아니야."

"……"

풍월이 우물거리던 음식을 거칠게 뱉어냈다.

"개새끼들이네. 한데 다들 그냥 보고만 있었단 거야?"

"쓸데없는 일에 엮이는 것보다는 한발이라도 빨리 천문동에 도착하려는 거지."

"쓸데없는 일이 아니잖아."

풍월이 버럭 소리를 질렀다.

아무런 죄도 없는 토가족 사람들이 욕심에 눈이 먼 자들에게 목숨을 잃고 있었다.

천마도의 비밀을 공개함으로써 무림인들을 장가계로 이끈 사람이 바로 그였기에 풍월은 지금 토가족들이 당하고 있는 참사가 모두 자신으로 인해 벌어진 일처럼 느껴졌다.

구양봉 역시 천마도 공개에 한 축을 담당했던 사람으로서 그런 풍월의 마음을 너무도 잘 알고 있었다.

구양봉이 술병을 건네며 말했다.

"변명처럼 들리지만 우리가 남들보다 뒤처진 이유가 그런 악행을 막으면서 왔기 때문이다."

"미안. 형님한테 화를 내는 건 아니었어."

풍월이 술병을 내밀자 구양봉도 술병을 들었다.

"알아."

형웅이 술병 대신 들고 있던 오리 뼈로 술병을 툭 건드렸다.

바로 그때였다.

육구와 비슷하게 생긴 체형의 청년이 헐레벌떡 달려왔다.

"소방주님!"

청년의 표정과 음성에서 심각함을 느낀 구양봉이 벌떡 일어났다.

"무슨 일이야?"

"토가족들이……."

한마디만 들어도 뒷이야기를 알 수 있었다.

"어디야? 아니, 어떤 놈들이야?"

"승룡검파라고 하는 것 같습니다."

"승룡검파?"

구양봉의 뇌리에 화평연의 비무대회에서 처참하게 목숨을 잃은 유자걸의 얼굴이 떠올랐다.

"빌어먹을! 왜 엉뚱한 곳에 화풀이야."

구양봉이 불같이 화를 내며 소리쳤다.

"어느 쪽이야. 당장 안내해."

단숨에 술병을 비운 풍월이 굳은 얼굴로 구양봉의 곁에 섰다. 형응도 기름기로 번들거리는 손가락을 쪽쪽 빨며 몸을 일으켰다.

딱히 안내는 필요 없었다.

서북쪽이라는 말이 끝나기가 무섭게 풍월의 몸이 화살처럼 튕겨져 나갔고, 형응과 구양봉이 그 뒤를 따라 달렸기 때문이다.

엄청난 속도로 들판을 질주한 풍월은 반 각도 되지 않아 인근 마을보다는 비교적 규모가 큰 마을에 도착을 했다.

그들을 가장 먼저 반긴 것은 찢어지는 듯한 비명 소리였다.

풍월의 눈에 아들로 보이는 꼬마 아이들을 감싸고 있는 사내와 무방비 상태의 사내에게 검을 휘두르는 자의 모습이 들어왔다.

생각할 것도 없었다.

손에 들린 묵뢰가 빛살처럼 날아갔다.

서슬 퍼런 검이 막 사내의 목을 취하려는 찰나, 무려 칠십여 장의 거리를 단숨에 좁힌 묵뢰가 검을 쥔 손을 그대로 날려 버렸다.

"크왁!"

비명이 터져 나왔지만 목소리의 주인은 바뀌었다.

풍월이 우아하게 호선을 그리며 날아드는 묵뢰를 낚아채고 몇 번의 도약으로 그들 앞에 섰다.

토가족이 아닌 동료의 비명.

갑작스러운 비명에 놀란 승룡검과 사람들이 우르르 몰려들었다. 어림잡아도 사십에 가까운 인원이었다.

"웬 놈이냐?"

팔을 잃고 쓰러진 제자의 비참한 모습에 분노한 금사풍이 풍월을 보고 소리쳤다.

풍월은 금사풍의 질문 따위는 신경도 쓰지 않고 죽음의 위기에서 벗어난 사내와 그의 품에 안겨 있는 아이들을 향해 다가갔다.

"괜찮습니까?"

풍월의 질문에 사내는 눈물 콧물을 흘리며 고개를 조아렸다. 뭐라 말을 하는 것 같았지만 한어가 아닌 토가족의 말이라 알아들을 수가 없었다. 그래도 무슨 말을 하려는지 의미는 충분히 전해졌다.

그사이 재빨리 마을을 둘러보고 달려온 형응이 조용히 말했다.

"시신이 스무 구가 넘어요."

표정 변화는 별로 없지만 형응의 눈빛이 섬뜩할 정도로 가라앉아 있었다.

시신이 스무 구가 넘는다는 말에 풍월이 피가 나도록 입술을 꽉 깨물었다.

그때, 자신이 무시를 당하고 있다고 여긴 금사풍이 풍월을 향해 검을 곧추세우며 소리쳤다.

"웬 놈이냐고 물었다. 어째서 아무런 이유도 없이 우리를 공격한 것이냐?"

"아무런 이유도 없이? 지금 이유가 없다고 했나?"

너무도 뻔뻔스러운 금사풍의 말에 풍월은 화도 내지 않았다.

인간 같지도 않은 위인들에게 화를 내는 것도 낭비란 생각이 들었다.

"하면 네놈들은 어째서 아무런 죄도 없는 저들을 도륙한 것이지?"

풍월이 여전히 벌벌 떨고 있는 토가족을 가리키며 물었다.

"우리를 먼저 공격한 건 저놈들이다. 하찮은 것들이 주제도 모르고 감히!"

금사풍이 어느새 하나둘 모여들고 있는 토가족을 향해 적의를 드러내자 피투성이가 된 젊은 토가족 사내가 미숙한 한어로 더듬더듬 말했다.

"고, 공격… 하지 않았다. 우… 린 그저 신성… 한 장소를 더럽히러 가는 자… 들에게 물과 음식… 을 제공하기 싫었을 뿐이다."

사내의 말에 모든 정황이 한눈에 그려졌다.

천문산을 목전에 둔 승룡검파가 마을에 들러 부족한 음식과 식수를 채우려고 했고, 그들의 목적지가 천문산이라는 것을 알고 있던 토가족 사람들이 이를 거부했으리라.

물과 음식을 요구한 승룡검파 사람들은 단지 그것이 거부당했다는 이유만으로 이런 끔찍한 일을 주저 없이 저지른 것이다.

"형님은 나서지 마."

"무슨 말도……."

구양봉이 발끈하려 했지만 풍월의 시선은 이미 형웅에게
향해 있었다.

"도망치는 놈 있으면 숨통을 끊어버려."

행여나 자신에게도 나서지 말라고 하는 것은 아닌지 걱정
했던 형웅이 눈빛을 반짝이며 고개를 끄덕였다.

풍월이 금사풍을 향해 묵뢰를 겨눴다.

"승룡검파라고 했지? 덤벼. 그 쓰레기 같은 이름을 다시는
쓰지 못하도록 해줄 테니까."

풍월이 차갑게 웃으며 도발했지만 금사풍은 쉽사리 움직이
지 못했다.

그가 이끄는 제자들 중 일부가 문주 양산웅을 따라 군산
에 들어갔고, 비무대회에서 무시무시한 신위를 보여주었던 풍
월을 알아본 것이다. 또한 풍월과 함께 온 구양봉이 개방의
후개라는 것까지 확인하게 되자 함부로 움직이지 못했다.

"뭔가 오해가 있는 것 같은데……."

금사풍이 풍월이 아닌 구양봉을 바라보며 말끝을 흐렸다.
그의 비굴한 모습을 보며 구양봉은 그가 자신과 풍월의 정체
를 눈치챘다고 확신했다.

약한 토가족들에겐 그토록 잔인하게 굴었으면서 강자 앞에선 비굴해지는 모습에 토악질이 올라왔다. 행여나 같은 정무련을 운운해 가며 헛소리를 해댈까 봐 아예 몸을 돌려 버렸다.

구양봉이 몸을 돌리자마자 풍월의 살기가 한층 거세졌다.

싸움을 피할 길이 없다고 짐작한 금사풍이 바로 곁에 섰던 제자에게 눈짓을 하는 것과 동시에 손을 치켜올렸다.

금사풍의 손짓에 긴장된 모습으로 상황을 살피고 있던 승룡검파의 제자들이 일제히 풍월을 에워쌌다.

소름 끼치는 휘파람 소리와 함께 신호탄 하나가 하늘로 치솟았다. 금사풍의 신호를 받은 제자가 품에서 신호탄을 꺼내 하늘에 쏘아 올린 것이다.

정점에 이른 신호탄이 요란한 소리와 함께 폭발하며 온 하늘을 붉게 물들이자 금사풍의 얼굴이 조금은 편안해졌다. 반각 정도면 문주와 승룡검파의 최정예들이 신호탄을 보고 달려올 터였다.

'문주께서 도착하시면 개방의 제자들이 몰려와도 큰 문제는 없겠지.'

풍월이 비무대회에서 얼마나 대단한 활약을 펼쳤는지를 들었지만 입에 거품을 물 정도로 두려워하는 제자와는 달리 비무대회를 직접 보지 못한 금사풍은 패천마궁의 후기지수(?)에 불과한 풍월보다는 개방의 정예들을 이끌고 천문산으로 향하는 후개 구양봉을 더 의식하고 있었다.

그것이 얼마나 어리석은 생각이었는지를 깨닫는 데는 오랜 시간이 걸리지 않았다.

구양봉의 눈치만 살피던 금사풍의 표정이 묵뢰를 앞세우며 달려오는 풍월의 기세를 접하곤 그대로 굳었다. 제법 거리가 있었음에도 전해지는 압박감이 장난이 아니었다.

"마, 막아랏!"

금사풍이 재빨리 몸을 물리며 제자들을 앞세웠다.

제자들을 방패로 세우고 꽁무니를 빼는 금사풍의 모습에 풍월의 눈매가 한층 매서워졌다. 뒷골목 무뢰배들이나 보일 수 있는 한심한 작태였다.

바람을 가르며 움직이는 묵뢰.

묵뢰를 막기 위해 전력을 다해 검을 휘두르는 승룡검파의 제자들.

결과는 극명했다.

묵뢰와 부딪친 검들이 반 토막이 나거나 산산조각이 나서 흩어지고, 검의 주인들 또한 검을 통해 전해진 힘을 감당하지 못하고 모조리 피를 토했다.

그것으로 끝이 아니었다.

풍월은 비틀거리며 물러나는 이들을 그냥 놔두지 않고 일

일이 손을 써 단전을 부숴 버렸다.

풍월에게 당한 승룡검파의 제자들은 단전이 깨지고 내력이 흩어지는 끔찍한 고통과 그 이상으로 고통스러운 상실감에 처절한 비명을 내뱉었다.

"두려워 마라."

금사풍을 대신해 그의 사제 안갑이 나섰다.

전력을 다해 내력을 일으키며 검을 치켜들자 검신에서 발출한 검기가 그의 전신을 감쌌다.

"하앗!"

두려움을 억지로 억누르는 듯한 탁한 외침과 함께 안갑의 몸이 힘차게 도약했다.

안갑의 움직임과 동시에 승룡검파의 제자들 또한 일제히 몸을 날렸다.

그들을 맞이한 것은 천지를 뒤흔드는 듯한 뇌성이었다.

묵뢰의 끝에서 눈부시게 뿜어져 나온 도기가 안갑을 비롯하여 그를 따르는 승룡검파의 제자들을 향해 무섭게 짓쳐들었다.

가장 앞서 풍월이 뿜어낸 도기와 맞서게 된 안갑은 피하지 않았다.

풍월의 기세가 극히 위험하다는 것은 직감적으로 느끼고 있지만 물러설 곳이 없었다. 자신이 피하면 그 힘을 고스란히 제자들이 받아내야 했다.

안갑이 이를 악물고 검을 휘둘렀다.

꽈꽈꽝!

묵뢰에 실린 힘을 감당하지 못한 안갑이 외마디 비명과 함께 튕겨져 나가고 동시에 풍월에게 맞섰던 승룡검파의 제자들의 입에서도 고통의 비명 소리가 터져 나왔다.

단 한 번의 충돌로 십여 명에 이르는 승룡검파의 제자들이 완전히 무장해제가 된 채 비틀거렸고, 풍월의 냉정한 손속이 그들의 몸을 훑고 지나갔다.

"끄아아악!"

"으악!"

아무런 대항도 하지 못하고 단전이 파괴된 채 처참하게 무너지는 승룡검파의 제자들. 그런 제자들을 보며 뒷걸음질 치는 금사풍의 눈엔 두려움과 공포가 가득했다.

자신과 비교해 떨어지지 않는 안갑은 물론이고 그와 함께 공격에 나선 제자들의 면면만 봐도 나름 발군의 실력을 지닌 제자들이다. 한데 단 한 번의 공격을 버티지 못했다.

'어, 어찌해야 한단 말이냐. 어디서 저런 괴물이……'

위기를 벗어나기 위해 필사적으로 머리를 굴려봤지만 딱히 떠오르는 방법이 없었다.

안갑이 감당하지 못하면 자신도 감당할 수 없고, 남은 제자들 또한 제대로 겁을 집어먹은 터라 상황은 절망적이었다.

"으악!"

후미에서 터진 단말마의 비명 소리에 모두의 시선이 그쪽으로 쏠렸다.

형응의 앞에서 힘없이 무너지는 동료를 확인한 승룡검파 제자들의 표정이 하얗게 질렸다. 형응에게 도망치는 자들의 숨통을 끊어버리라고 했던 풍월의 말을 떠올린 것이다. 특히나 피 묻은 검을 동료의 시신에 쓱쓱 닦아대는 형응의 모습은 풍월이 주는 공포와는 또 다른 의미로 끔찍했다.

싸울 수도 없고 도망칠 수도 없는, 승룡검파의 제자들이 진퇴양난의 상황에서 어찌할 바를 모르고 있을 때였다.

북쪽 방향에서 일단의 무리들이 모습을 보였다.

숫자는 대략 백여 명에 육박했는데 움직이는 속도가 상당히 빨랐다.

선두에 서서 무리를 이끄는 자를 확인한 금사풍의 얼굴에 화색이 돌았다.

잠시 무리를 이탈했던 문주와 승룡검파 최정예들의 복귀에 숨 막힐 듯한 압박감과 두려움, 공포와 싸우고 있던 승룡검파의 제자들이 함성을 내질렀다.

"승룡검파의 문주다."

구양봉이 굳은 표정으로 다가와 말했다.

"아까부터 보이지 않아서 이상하다 생각했는데 따로 움직였던 모양이다. 그래도 이건 너무 많은데. 그리고……"

구양봉이 눈을 가늘게 뜨며 승룡검과 제자들과는 확연히 다른 복색을 갖춘 자들을 살폈다.

"당가네."

풍월이 조용히 말했다.

"뭐? 당가?"

고개를 홱 돌리며 놀란 표정을 짓던 구양봉이 다시금 그들을 살피다가 신경질적으로 고개를 끄덕였다.

"젠장, 그러네. 당가 맞다."

무림에서 상대하기가 가장 껄끄럽고 거북한 상대를 꼽으라면 열이면 열 당가를 꼽는다.

당가가 사용하는 독과 무공도 무공이거니와 그들의 성정 자체가 다소 편협한 데다가 한 번 원한을 맺으면 백배 천배로 갚고야 마는 그들의 집요함에 모든 이들이 치를 떨었다.

"무, 문주님!"

금사풍이 양산웅을 보며 호들갑을 떨었다.

양산웅은 아무런 대꾸도 하지 않고 차가운 표정으로 주변을 살폈다.

이십 명에 가까운 제자들이 처참한 몰골로 쓰러진 채 고통에 몸부림치고 있었다. 그중에는 안갑도 끼어 있었다.

"단전이 파괴된 것 같습니다."

양천이 곁으로 다가오며 말했다.

양산응의 장자 양천은 백오십 년, 짧지 않은 승룡검파의 역사에서 처음으로 부자가 대를 이어 문주의 자리에 오를 것이라 예측될 정도로 뛰어난 인물이었다.

무겁게 고개를 끄덕이는 양산응의 눈에서 분노의 불길이 일었다. 불길이 당연히 풍월에게 향했다.

"패천마궁을 대표해서 비무대회에 나섰던 친구군. 어째서 이런 짓을 한 것이지?"

말투는 정중했지만 풍월은 그 안에 감춰진 찐득한 살기를 느낄 수 있었다.

"자업자득입니다."

"자업… 자득? 이해할 수 없는 말을 하는군."

"제자들의 모습은 보여도 주변에 처참하게 쓰러져 있는 마을 주민들의 모습은 보이지 않으시는 모양입니다. 아니면 아예 관심이 없는 겁니까?"

"마을 주민들이라……."

그제야 천천히 고개를 돌리는 양산응.

곳곳에 쓰러져 있는 토가족 주민들의 시신을 확인하곤 미간을 찌푸렸다.

풍월이 말하는 바를 짐작할 수 있었다.

"저들의 죽음에 본문의 제자들이 관여했다는 건가?"

"물과 양식을 주지 않았다고 그랬다는군요. 이해가 되십니까? 고작 그딴 이유로 사람을 죽인다는 것이."

"음."

양산웅의 입에서 침음이 흘러나왔다. 자신도 모르게 금사풍을 노려보았다.

하지만 그의 눈빛에 드러난 감정은 어째서 함부로 사람을 해쳤냐는 것이 아니라 이따위 일도 제대로 처리하지 못해 쓸데없이 일을 복잡하게 만들었냐는 질책이었다. 그리고 풍월은 그것을 놓치지 않았다.

"다, 단순히 물과 양식을 주지 않은 것이 아니라 놈들이 우리를 먼저 공격했기 때문에 손을 쓴 것입니다."

금사풍이 서둘러 자신을 변호했다.

양산웅의 눈동자에서 한광이 번뜩였다.

"저들이 먼저 공격을 했다고?"

"그, 그렇습니다. 분명 놈들이 먼저 공격했습니다."

양산웅의 시선이 풍월에게 향했다.

"저자들이 먼저 공격을 했다고 하는데 어찌 생각하나?"

풍월이 피식 웃었다.

"말이 된다고 생각하십니까? 평생토록 농기구만 들던 자들입니다. 그런 사람들이 무림인들을 향해 공격을 했다고요?"

"유감스럽지만 곳곳에서 비슷한 일이 벌어지고 있지. 어쨌 거나 저들에겐 신성한 산이니까. 종교의 힘은 때론 무모함을 불러일으키기도 하는 법."

양산웅은 토가족들이 먼저 공격을 했다고 단언하고 있었 다.

"아, 아닙니다. 우… 리는 먼저 공격… 하지 않았습니다. 우 리가 저들의 요구를 거… 절하자 공격을 한 것입니다. 정말입 니다."

유일하게 한어를 아는 토가족 청년이 눈물을 흘리며 억울 함을 강변했다.

"그렇다는군요."

풍월이 조소를 보내며 어느새 앞으로 걸어 나온 청년을 자 신의 뒤로 숨겼다. 행여나 어떤 수작을 부릴지 모르기 때문이 었다.

"그 또한 일방적인 주장일 뿐이지."

양산웅 역시 코웃음을 치며 풍월과 그의 뒤로 숨은 청년을 지그시 노려보았다.

양산웅의 전신에서 매서운 기세가 뿜어져 나오기 시작하자 그의 뒤에서 시립하고 있던 제자들의 기세도 흉흉해졌다.

풍월은 미동도 없이 양산웅을 바라보았다. 어느새 곁으로 다가온 형응 역시 무심한 표정으로 승룡검파의 제자들을 바라볼 뿐이었다. 구양봉 역시 풍월과 어깨를 나란히 했다.

"개방이 우리를 적대시할 줄은 몰랐군."

형산웅의 실소에 구양봉이 넉살 좋은 웃음을 지으며 고개
를 저었다.

"지금 이 자리에 있는 놈은 개방의 후개가 아니라 이 녀석
들의 대형입니다. 개방과는 전혀 관계가 없다는 말이지요. 제
가 맞아 돼지든 병신이 되든 개방은 나서지 않을 겁니다. 저
기 보십시오, 개방의 후개가 위기에 빠졌는데도 저리 한가하
게 걸어오는 작태들을."

구양봉의 손끝을 따라 모두의 시선이 움직였다.

수풀을 헤치며 한 무리의 거지 떼들이 어슬렁거리며 걸어
오고 있었다.

구양봉의 말대로 조금도 서둘거나 조급해하는 기색은 없었
다. 오히려 귀찮아 죽겠다는 표정들이었다.

개방의 등장에 양산웅과 승룡검과 제자들의 얼굴엔 당황
한 기색이 역력했다.

그때, 그들 뒤에서 상황의 추이를 살피고 있던 당가가 전면
으로 나섰다.

"오랜만이오, 풍 소협."

당하곤이 풍월과 양산웅의 사이에 끼어들며 인사를 했다.

"예, 오랜만에 뵙습니다."

이미 그의 존재를 알고 있던 풍월도 마주 인사를 했다.

풍월이 당하곤의 뒤를 따라온 당호, 당령 등과도 가볍게 눈인사를 한 뒤 입을 열었다.

"당 선배를 이런 곳에서 만나게 될 줄은 몰랐습니다."

약간은 가시가 돋친 말투였다.

"그건 피차 마찬가질세. 나도 이곳에서 자네를 만날 줄은 몰랐으니까. 아니, 정확히 이런 상황에서 말일세."

"끼어들 생각이십니까?"

"아무래도 그래야 할 것 같은데. 물론 자네가 생각하는 그런 식은 아니네만."

당하곤이 풍월의 눈빛이 차가워지자 얼른 말을 덧붙이며 고개를 돌렸다.

당하곤은 여전히 고통에 신음 중인 승룡검파의 제자들과 아무렇게나 널려 있는 마을 주민들의 시신을 보며 한숨을 내쉬었다.

"누구의 말이 맞는지, 무엇이 우선인지 모르겠네. 따지지도 않겠네. 하지만 비극은 이 정도면 충분하다고 생각하는데."

"아무것도 모르는, 그저 하루하루를 열심히 살아가는 순박한 주민들이 목숨을 잃었습니다. 뭐가 충분하다는 것인지 모르겠네요."

풍월이 목소리를 높였다.

"그 대가로 저들 역시 폐인이 되었지. 무인에게 단전이 파괴된다는 것이 어떤 의미인지 모르지 않을 텐데. 자네 역시 그걸 의도하고 목숨 대신 단전을 파괴한 것이고. 아닌가?"

당하곤이 고통에 신음하는 자들을 가리키며 물었다.

"……"

"해서 이만하면 충분하다고 말한 것이네. 부족한가?"

당하곤의 목소리가 전에 없이 무거웠다.

구양봉은 그의 음성에서 승룡검파와 당가 사이에 모종의 연관이 있다고 판단했다.

자칫하면 당가까지 상대해야 할지 모른다고 여긴 구양봉이 풍월의 옷깃을 슬며시 잡아당겼다. 승룡검파라면 몰라도 당가는 아니었다.

풍월이 구양봉의 팔을 치우며 웃었다.

그 웃음을 보며 잔뜩 긴장했던 구양봉과 당하곤이 안도의 숨을 내뱉었다.

당가가 중재에 나섰는데 감히 거절할 수 없을 것이라 생각하던 양산웅의 입꼬리가 비웃음으로 뒤틀렸다.

하지만 풍월의 생각은 그들과 달랐다.

"부족합니다."

풍월의 한마디가 주변을 얼어붙게 만들었다.

"왜 이래?"

기겁한 구양봉이 풍월의 팔을 다시 잡아챘다.

"멋대로 사람을 죽여놓고 적당히 피해를 봤으니 그만하자는 것도 우습잖아."

"아예 끝장을 보자는 거냐?"

"보면 보는 거지."

"쯥!"

답답함을 참지 못한 구양봉이 버럭 소리를 질렀다.

방방 뛰는 구양봉을 뒤로하고 풍월이 당하곤에게 고개를 숙였다.

"당가에서 애써 중재안을 내주셨는데 죄송하게 되었습니다. 하지만 백번 양보해도 아무런 힘도 없는 마을 주민들을 무참히 학살한 자들과 적당히 타협을 하는 것은 받아들이기 힘들군요. 만약 저희들이 도착하지 않았다면 저들은 마을 사람들을 모조리 도륙했을 겁니다. 고작 물과 양식을 주지 않았다는 이유로요."

"하면 자넨 설마 저들 모두를 죽이… 아니, 폐인을 만들 셈인가?"

당하곤이 답답한 표정을 감추지 못하고 물었다.

"마을에서 참극을 벌인 자들은 당연히 응분의 대가를 지불해야 한다고 생각합니다."

풍월의 단호한 말에 금사풍을 비롯한 그를 따라 마을에서 살인 행각을 펼친 승룡검파 제자들의 낯빛이 모두 하얗게 질렸다.

"후! 이것 참……."

풍월의 결심이 보통이 아니라는 것을 확인한 당하곤은 문제를 어찌 처리해야 할지 몰라 연신 한숨을 내뱉었다.

당하곤이 판단을 내리지 못하자 지금껏 냉철한 얼굴로 상황을 지켜보던 당호가 나섰다.

"풍 소협의 마음을 이해하지 못하는 것은 아닙니다. 승룡검파의 제자들이 이곳에서 한 행동은 누가 보더라도 납득하기 힘든 것입니다."

당호가 승룡검파의 체면을 깎는다고 생각한 양산웅이 당황하여 그를 불렀다.

"당 공자!"

당호는 양산웅의 부름을 외면하고 풍월을 직시했다.

"그럼에도 불구하고 본가는 작금의 상황을 외면할 수는 없습니다."

"천마도 때문입니까?"

풍월의 물음에 당호가 씁쓸히 웃으며 고개를 끄덕였다.

"예, 솔직히 말하자면 그렇습니다. 본가나 승룡검파처럼 정무련에서 이방인 취급을 받는 곳은 서로가 힘을 합치지 않으면 버티기 힘듭니다."

"당가의 입장은 충분히 이해가 갑니다만, 그렇다고 해도 저들의 행동을 그냥 넘어갈 수는 없습니다."

풍월의 대답에 지금껏 별다른 반응을 보이지 않고 있던 당가 쪽에서 술렁임이 일었다.

당하곤은 물론이고 당호까지 체면 불구 나서서 읍소를 했음에도 조금의 양보도 할 생각이 없는 풍월의 태도에 자존심이 상한 것이다.

특히 장로급 노인들의 표정이 좋지 않았다. 당장에라도 호통을 치며 나서려는 것을 당하곤이 필사적으로 막고 있었다.

지그시 입술을 깨물며 풍월을 바라보던 당호가 차분히 입을 열었다.

"그럼 이렇게 하죠."

당호의 시선이 풍월이 아닌 구양봉에게 향했다. 마지막 제안이니 알아서 관철하라는 눈빛을 보내며 말을 이었다.

"저들 모두를 폐인으로 만들어야 한다는 풍 소협의 주장은 현 상황에서 받아들이기가 쉽지 않습니다. 그렇다고 잘못한 일에 대해 책임을 묻지 않는다는 것도 있을 수는 없는 일. 자고로 한 무리의 잘못은 그 무리를 이끄는 수장의 잘못이라고할 수 있겠지요. 해서 본가는 풍 소협과 승룡검파에게 이런 제안을……"

"커흑!"

당호의 음성은 단말마의 비명으로 인해 끊어지고 말았다.

당호의 말에 귀를 기울이고 있던 이들은 갑작스레 들려온 비명에 깜짝 놀라 고개를 돌렸다.

비명의 주인은 금사풍이었다.

금사풍은 자신의 가슴을 뚫고 나온 검을 믿을 수 없다는 얼굴로 바라보며 힘없이 무너져 내렸다.

"마을에서 벌어진 참상에 대한 책임은 오롯이 제자들을 잘못된 길로 이끈 금사풍에게 있는 것."

금사풍의 숨통을 끊어버린 양산응이 풍월을 노려보며 물었다.

"이 정도면 되었나?"

"……."

"아직도 부족한가?"

양산응이 재차 물었다.

풍월이 뭐라 입을 열기 전, 구양봉이 그의 말을 막았다.

"장수가 목숨을 내놓으면 병졸에겐 책임을 묻지 않는다고 알고 있습니다."

"형님!"

풍월의 외침에 구양봉이 엄한 눈빛으로 고개를 저었다.

"여기까지만 해."

형응도 슬며시 끼어들었다.

"이번엔 큰형님 말대로 하는 것이 좋을 것 같은데요. 저치들과 끝까지 가봐야 마을 사람들만 위험할 것 같고요."

"마을 사람들이?"

"형님이 이곳에서 끝까지 지켜줄 수는 없는 거잖아요. 저 많은 인원을 모조리 병신으로 만들면 저치들이 가만히 두겠어요. 억하심정이 남아서라도 가만히 안 두지."

형웅의 말에 풍월도 흠칫했다. 아닌 게 아니라 자신의 등 뒤로 숨은 토가족의 청년은 물론이고, 곳곳에 숨어 고개만 빼꼼히 내밀고 있는 마을 주민들의 얼굴을 살펴보니 복수심보다는 오히려 불안감이 가득했다.

'멍청한!'

풍월은 자신이 너무 감정에 치우쳤다는 것을 비로소 인식했다. 어쩌면 정의 운운하며 복수를 외쳐댄 것 자체가 스스로에게 위안이나 혹은 면죄부를 주려는 것은 아닌가 생각을 해보았다. 그저 약간의 힘이 있다는 이유로 당사자의 의견이 어떤지 확인도 하지 않은 채 삼자에 불과한 자신이 복수를 운운하며 떠들어댄 것이 부끄러웠다.

탄식인지 한숨인지 모를 숨을 내뱉은 풍월이 토가족 청년을 향해 고개를 돌렸다.

"상황이 어찌 돌아가는지 압니까?"

토가족 청년이 고개를 끄덕였다.

"어찌하길 원합니까? 솔직히 말씀드려 이 모든 일의 발단이 제게 있다고 해도 틀린 말은 아닙니다. 끝까지 복수를 원한다면 그리해 주겠습니다."

풍월의 마지막 말에 다들 흠칫하는 얼굴이었지만 딱히 제지를 하지는 않았다.

심각하게 고민하던 토가족 청년이 풍월의 양해를 구하더니 마을 사람들의 의견을 모았다. 그들이 원한 것은 오직 하나, 당장 마을을 떠나 다시는 오지 말라는 것이었다.

풍월은 다시는 오지 말라는 마을 사람들의 요구에서 그들의 공포심을 느낄 수 있었다.

"현명한 판단입니다. 모두에게 다행스러운 결정을 했군요."

당호가 마을 사람들의 결정에 반색하며 말했다.

"한 가지만 약속해 주십시오."

풍월이 금사풍의 숨통을 끊어버린 후, 더없이 살벌한 기세를 뿜어내고 있는 양산웅에게 말했다.

"약속? 이런 상황에서 아직도 우리에게 요구할 것이 있다는 건가?"

"행여나 차후에……."

"그만! 거기까지 해라."

양산웅이 버럭 소리를 질렀다.

"본파가 실수를 한 것은 인정하나 이렇게까지 모욕을 한다면 참을 생각은 없다."

실수라는 말에 풍월의 눈에 다시금 힘이 들어갔다. 이를 눈치챈 구양봉이 얼른 그의 팔을 잡았다. 여기서 다시 터지면 걷잡을 수 없는 상황이 벌어지리란 생각 때문이었다.

하지만 토가족 주민들의 생각을 들은 풍월은 더 이상 일을 확대시킬 생각이 없었다. 대신 당장 그들을 위해 할 수 있는 일이 무엇인지 곰곰이 생각하다 입을 열었다.

"형님."

"왜?"

"최대한 빨리 소문 하나만 내줘."

"무슨 소문?"

"패천마궁이든 정무련이든, 아니면 또 다른 놈들이든 토가족 마을에 조금이라도 해를 끼치면 제 놈들이 무엇을 하던지 내가 끝까지 훼방을 놓을 것이라고 말이야."

"그거 괜찮은 생각인데."

구양봉이 꽤나 긍정적인 표정으로 고개를 끄덕였다.

어찌 보면 유아적인 발상이라고 할 수도 있으나 화평연의 비무대회에서 제대로 실력을 보였고, 승룡검파의 일까지 있었으니 효과는 확실할 것 같았다.

"내 이름도 넣어야겠다. 원래 거지들의 꼬장이 무서운 법이거든."

구양봉이 웃으며 말하자 당하곤과 의미심장한 눈빛을 교환한 당호가 슬그머니 끼어들었다.

"본가도 한몫 거들고 싶습니다."

"당가가 말입니까?"

구양봉이 깜짝 놀라 되물었다.

"예."

"당가의 명성이라면 이 이상 확실한 효과는 없겠군요. 고맙습니다."

예상하지 못한 당가의 반응에 구양봉이 정중히 고개를 숙였다. 풍월 역시 당하곤에게 눈인사를 보냈다.

냉랭했던 분위기가 조금씩 풀리기 시작했다. 다만 여전히 불쾌한 표정을 짓고 있는 양산응과 승룡검파 제자들만큼은 예외였다.

＊　　　＊　　　＊

"…현재 패천마궁과 무당파, 남궁세가가 천마동에 들었고 다른 문파들 역시 속속 집결하는 중입니다. 적어도 이삼 일 내에는 거의 모든 세력이 천마동에 도착할 것으로 예상됩니다."

문상 사마조의 말에 부회주 무위가 껄껄 웃으며 술잔을 들었다.

"허허허! 그곳이 제 놈들 무덤인 줄도 모르고 잘도 모여드는구나."

"최소한 그 정도는 모여주어야 그간 고생한 보람이 있지 않겠습니까?"

육잠의 말에 무위를 비롯한 모든 이들이 크게 고개를 끄덕였다.

풍월이 천마도의 비밀을 공개하겠다고 천명한 직후, 개천회에선 그동안 미뤄뒀던 천마총의 공략을 재개했다.

비록 과거에 비해 일보 전진한 수준에 불과하지만 그 과정에서 핵심 역할을 한 사마조와 육잠의 고생은 이루 말할 수 없는 것이었다.

특히 머리를 쓰는 사마조와는 달리 육잠은 천마총을 에워싸고 있는 각종 진법, 기관매복과 직접 부딪혀야 했기에 온몸이 성할 날이 없었다. 심지어 몇 번이나 목숨을 잃을 뻔하기도 했다.

"정확하게 어디까지 뚫은 것이냐?"

대장로 위지허가 물었다.

"천마동부 바로 직전까지입니다. 시간만 충분했다면 천마동부를 열 수도 있었습니다."

사마조는 천마동부를 코앞에 두고 물러날 수밖에 없었던 것이 지금도 못내 아쉬운 눈치였다.

"다시 기회가 오겠지. 너무 아쉬워하지 말거라."

"물론입니다."

"한데 기문진과 기관매복은 다시 원상 복귀를 시킨 것이더
냐?"

"완전히 파괴된 것을 제외하고는 대다수 원상태로 돌려놓
았습니다."

"무공 비급까지도?"

"예, 모두 필사한 뒤 원본을 남겼습니다. 그 누구도 우리가
미리 손을 썼다는 것을 눈치채지 못할 것입니다."

"애썼다."

사마조를 격려한 위지허가 뭔가가 생각났다는 듯 한소를
향해 고개를 돌렸다.

"아참, 그놈은 도착했나?"

"그놈이라시면……."

"화산괴룡이란 놈 말일세. 이 사달을 만든 놈."

"천문산 자락에 모습을 드러냈습니다. 한데 도착하자마자
사고를 친 모양입니다."

"사고라니?"

위지허가 되묻자 한소는 풍월과 승룡검파 사이에 벌어졌던
일을 자세히 설명했다.

"허! 오지랖 하난 정말 대단한 놈일세. 해서 놈의 협박이 통

했나?"

위지허가 실소를 터뜨리며 물었다.

"아직 반나절 정도밖에 지나지 않아 정말 효과가 있는지는 모르겠지만 어느 정도는 영향력을 미쳤으리라 봅니다. 놈이 작심하고 달려들면 패천마궁도 감당하기 버거울 거라는 것은 이미 비무대회에서 증명을 했으니까요."

비무대회라는 말에 위지허의 눈빛이 차갑게 변했다.

"그러고 보니 검황의 후예를 찾았다는 말이 없군. 아직도 행방을 찾지 못했나?"

"예, 군산을 빠져나간 이후, 완전히 놓쳤습니다. 면목 없습니다."

한소가 고개를 숙였다.

"아닐세. 자네가 면목 없을 건 아니지. 설마하니 그런 큰 부상을 당했음에도 정신을 차리자마자 사라질 것이라 누가 상상이나 할 수 있었겠나. 게다가 조력자가 생사의괴라 의심되는 상황이니 더욱 그러할 게야. 기왕지사 이리 되었으니 천마동에 모습을 드러내길 기대해 봐야겠군. 이참에 검황의 맥을 완전히 끊어버리는 것도 좋을 테니까."

위지허의 말에 다들 고개를 끄덕이며 동조했다.

"본격적으로 움직이는 시점을 언제로 잡고 있더냐?"

위지허의 물음에 사마조가 섬뜩한 미소를 지으며 말했다.

"정확히 사흘 후, 조용히 잠들어 있는 천문금쇄진(天門金鎖陣)이 발동되는 것을 시작으로 천마동에 들어선 자들은 지옥을 맛볼 것입니다."

제43장

천문동(天門洞)

　"무슨 길이 이렇게 구불구불해. 길기도 길고."

　풍월은 끝없이 굽이치는 길을 걸으며 혀를 내둘렀다. 한참
을 걸은 것 같은데 끝날 기미가 보이지도 않는 것이 마치 제
자리를 빙빙 도는 듯한 느낌이었다.

　"길 이름이 통천대로다. 하늘로 통하는 길. 이 정도 수고쯤
은 해줘야지. 그래도 조금은 아쉽네."

　구양봉이 고개를 치켜들며 말했다.

　"뭐가요?"

　형웅이 물었다.

"옛날에 사부하고 이 길을 오른 적이 있었다. 그때는 지금처럼 안개가 자욱하지 않았어. 날이 워낙 맑아서 저 끝까지 한눈에 볼 수 있었는데 굽이치는 길이 꽤나 장관이었던 것으로 기억한다. 물론 밑에서 보는 것보다는 위에서 내려다보는 풍광이 백배는 훌륭하지만."

"그런 풍경을 보지 못하는 건 조금 아쉽네요."

"그러게. 은근히 기대를 했는데."

풍월이 맞장구를 치자 장가계 인근에서 활동하는 개방 제자가 웃으며 말했다.

"산 중턱을 지났으니 이제 대부분의 안개는 걷힐 겁니다. 그럼 통천대로를 온전히 보실 수 있지요. 통천대로 끝에 자리한 천문동의 장엄한 모습까지도."

"그런 것 같네. 안개가 엷어지고 있어."

구양봉이 조금 전보다 확실히 엷어진 안개를 휘휘 저으며 말했다.

개방 제자의 말대로 안개는 위로 올라갈수록 엷어지더니 눈 깜짝할 사이에 맑은 하늘이 드러났다.

"저기다."

구양봉이 소리쳤다.

굽이굽이 이어지는 통천대로의 끝, 하늘과 맞닿은 곳에 천문동이 있었다.

"와!"

형웅의 입에서 절로 탄성이 터져 나왔다. 비단 형웅뿐만이 아니었다.

그의 어깨에 손을 두르는 풍월은 물론이고, 대부분의 개방 제자들 역시 난생처음 보는 천문동의 장엄한 모습에 말문이 막힌 듯했다.

"어릴 적 기억이라 다소 과장된 것은 아닌가 싶었는데, 다시 보니 정말 대단하네. 그냥 산 하나가 통째로 빈 것 같잖아."

"그러게. 천문동 주변에 꽤나 많은 인간들이 몰려 있을 텐데 아예 보이질 않잖아. 대체 얼마나 큰 거야?"

"동굴의 높이만 대략 오십 장 가까이 되는 것으로 압니다."

방금 전 안개가 걷힐 것이라 예견한 개방 제자가 구양봉을 대신해 답했다.

"오… 십!"

풍월은 가늠도 되지 않는 크기에 입을 쩍 벌렸다.

"턱 빠지겠다."

구양봉이 풍월의 턱을 올리며 말했다.

"그나저나 이제 좀 서둘러야겠는데. 마냥 구경만 하며 움직이기엔 너무 늦었어. 속도를 올려. 굼벵이처럼 느리게 가지 말고."

구양봉이 선봉에 있는 개방 제자들을 향해 소리치자 앞선

이들이 속도를 높였다. 덕분에 후미에서 따라붙는 자들은 거의 뛰다시피 하였다.

하지만 그렇게 속도를 올렸음에도 그들이 천문동에 도착한 것은 거의 반 시진이나 지난 후였다.

"와! 진짜 대단하다."

풍월이 목을 뒤로 최대한 꺾으며 소리쳤다.

눈으로 다 담지도 못하는 천문동의 거대한 위용은 그야말로 압도적이었다.

"하늘로 통하는 문이라는 이유를 알겠어요. 그 이상 적절한 말이 생각나질 않네요."

풍월의 곁에서 그와 같이 목을 뒤로 꺾은 채 천문동을 바라보던 형응은 대자연이 빚어낸 경이로움에 감동하며 천하 어디에서도 보지 못한 장관을 마음껏 만끽했다.

풍월과 형응이 천문동이 주는 감동에서 헤어 나오지 못하는 사이 구양봉은 바삐 움직였다.

천문동에 미리 도착해 있던 개방의 제자들로부터 천문동의 상황은 물론이고, 풍월과 당가의 경고 이후 천문산을 중심으로 전반적인 상황이 어찌 돌아가고 있는지 세세하게 전해 들었다.

풍월과 형응이 담이 올 정도로 꺾었던 목을 어루만지고 있을 때 구양봉이 그들에게 다가왔다.

"상황은 어때?"

풍월이 물었다.

"난리지. 패천마궁을 선두로 이미 대부분의 문파들이 천문동으로 들어갔다."

"벌써?"

"벌써라고 하기엔 우리가 너무 늦었다고 생각하지 않냐?"

"그런가? 한데 뭔 인간들이 이리 많아. 천문동에 다 들어갔다면서."

풍월이 어이가 없다는 얼굴로 주변을 돌아보았다.

족히 이천 명은 될 것 같은 인간들이 곳곳에 진을 치고 있었다.

"여유 인원이지. 어떤 상황이 닥칠지 모르니까 그에 대비하는 것이기도 하고. 또한 막상 이곳까지 오기는 했지만 천문동에 들어서는 것을 주저하는 사람도 꽤 되는 것 같다."

"흐흐흐. 그들 대부분은 공짜로 정보를 얻은 사람이겠네. 제 돈 주고 천마도의 비밀을 얻은 사람은 아까워서라도 그렇게는 못 할 텐데."

키득거리며 웃던 풍월이 갑자기 웃음을 거뒀다.

"왜?"

"잠시만, 인사는 드려야지."

풍월이 의아해하는 구양봉을 뒤로하고 좌측 숲으로 향했

다. 구양봉은 풍월이 향하는 방향에서 화산파 제자들의 모습을 확인하곤 고개를 끄덕였다.

"네가 여긴 무슨 일이냐?"

풍월을 알아본 도은이 인상을 찌푸렸다.

"그냥 인사를 드리러 왔을 뿐입니다."

"인사? 허! 우리가 인사를 나눌 만한 사이였더냐?"

"그건 뭐……."

"가라. 인사를 받을 이유도 없고, 받고 싶지도 않다."

"아니라면 할 수 없고요."

풍월이 퉁명스레 대꾸했다.

오는 말이 곱지 못한데 가는 말이 고울 수는 없었다. 더구나 도은과는 맺힌 게 많은 풍월이었다.

게다가 주변에서 느껴지는 반응 또한 몹시 불쾌했다. 화산파 제자들은 풍월이 화평연의 비무대회에서 패천마궁의 대표로 활약한 것을 잘 알고 있었다.

노골적으로 경멸, 적대시하는 느낌이 고스란히 전해졌다. 혹여 화산파의 장문인께서 계시지는 않을까 찾아왔던 풍월은 미련 없이 몸을 돌렸다.

"저, 저!"

도은의 얼굴이 무례하기 짝이 없는 풍월의 행동에 시뻘겋게 변해 버렸다.

풍월은 자신에게 쏟아지는 비난의 기운을 묵묵히 감내하며 정확히 반대편 숲, 패천마궁의 무인들이 자리하고 있는 곳으로 발걸음을 돌렸다.

하지만 자신과 특별히 인연이 있거나 평소 편하게 말을 섞던 사람들이 없었기에 그저 몇 마디 인사말을 건네고 자신을 기다리고 있는 이들에게 돌아왔다.

"어째 표정이 안 좋네."

구양봉이 화산파 진영을 힐끗 바라보며 말했다.

"그러게. 장문인은 안 계시고 하필이면… 뭐, 안 좋을 것도 없어. 안 보면 그만이니까."

"흐흐흐. 그게 또 마음대로 안 되니까 문제지."

가볍게 웃은 구양봉이 천문동을 향해 턱짓했다.

"아무튼, 가야지?"

"여기까지 왔는데 당연히. 너는?"

풍월이 형응에게 물었다.

형응은 말보다는 천문동을 향해 성큼성큼 걷는 것으로 대답을 대신했다.

"뭐 해? 우리도 가야지."

풍월이 구양봉의 옆구리를 쿡 찌르며 말했다.

"나도 그렇고 싶긴 한데……."

개방의 제자들을 돌아보며 머뭇거리던 구양봉이 한숨을 내쉬며 말했다.

"먼저 가라."

"우리끼리?"

"사부께서 곧 도착하신단다. 내가 그래도 명색이 개방의 후개 아니냐? 늙은 영감 모시고 다녀야지."

"흠."

잠시 생각하던 풍월이 슬쩍 물었다.

"우리도 기다릴까?"

"뭐 하러? 성질 고약한 영감한테 괜히 시달리지 말고 편하게 움직여."

구양봉이 정색하며 고개를 저었다.

"둘이 다니기 그러면 안쪽에서 합류를 하던가. 아니면 제갈세가 쪽으로 가보는 것도 괜찮을 것 같은데."

"제갈세가?"

"그래, 아무래도 이런 쪽으론 누구보다 뛰어난 자들이니까 둘만 따로 다니는 것보다는 안전할 거다."

"일단 들어가 보고."

풍월의 대답이 시큰둥하다는 것을 느낀 구양봉은 더 이상 권하지 않았다.

"편한 대로 해. 아무튼 나도 최대한 빨리 들어갈 테니까 이따가 보자. 조심들하고."

구양봉은 풍월의 어깨를 가볍게 두드리곤 몸을 돌렸다. 그의 등을 바라보던 풍월도 형웅의 재촉에 천문동을 향해 발걸음을 내디뎠다.

"저들의 얘기를 잠깐 들었는데 계단이 구백구십구 개랍니다."

형웅이 앞서 계단을 오르는 자들을 손가락으로 가리켰다.

"기왕 만들려면 세기 좋게 천 개를 채우던가."

풍월이 구백구십구라는 숫자에 질린 표정으로 말했다.

"천 번째를 넘으면 천계(天界)로 넘어가서 구백구십구 개만 만들었다는데요."

"그래? 일단 가보자. 진짜 천계로 가는지, 아니면 지옥으로 가는지."

풍월과 형웅은 예로부터 천문동을 신성시해 온 토가족들이 정성 들여 깎은 계단을 오르기 시작했다. 계단 주위엔 크고 작은 돌탑이 무수히 세워져 있었고, 나무에 묶인 온갖 천들이 바람에 흩날렸다.

모든 계단을 올라 천문동을 코앞에서 마주하게 되자 묘한 감정이 들었다. 그저 크고 놀라운 것이 아니라 뭔가 모를 벅찬 기운이 밀려들었다.

풍월이 고개를 돌려 형웅을 살폈다.

잔뜩 상기된 얼굴로 천문동을 바라보고 있었다. 고작 계단 정도 오른다고 안색이 변할 형웅이 아니다. 그 역시 자신과 비슷한 감정을 느끼고 있다고 여긴 풍월이 그의 옆구리를 툭 치며 말했다.

"계단 한 개만 더 있었으면 진짜 천계에 올라갈 것 같지 않냐?"

"그러게요. 그런데 차라리 잘됐어요. 천계에 오르면 이런 광경은 못 볼 테니까요."

형웅이 천문동 아래에 펼쳐진 광경을 좌에서 우로 천천히 훑으며 말했다.

"흐흐흐. 그건 또 그러네."

형웅의 말대로였다.

천문동 아래 펼쳐진 풍광은 그야말로 천하제일, 특히나 짙은 안개 사이사이로 모습을 드러내는 통천대로는 말로 표현하기 힘들 정도로 신비하고 멋들어졌다.

한참 동안이나 넋을 잃고 대자연이 주는 풍광에 취해 있던 풍월과 형웅은 약속이라도 한 듯 동시에 몸을 돌렸다. 그러고는 그들이 올랐던 길과는 반대 방향, 천문동 안쪽으로 성큼성큼 발걸음을 놀렸다.

천문동은 높이만큼이나 폭도 넓었다. 깊이 또한 폭과 비슷했다.

내부는 족히 수천은 수용할 수 있을 정도로 넓었지만 여느

동굴처럼 막힌 것이 아니라 뻥 뚫려 있기에 어둡거나 하지는 않았다.

단숨에 천문동을 통과한 두 사람 앞에 펼쳐진 풍광은 조금 전 그들이 넋을 잃고 바라본 풍광과 비교해 너무도 밋밋했다.

급격한 경사와 표고 차로 인해 구불구불 이어졌던 통천대로도 없었고, 통천대로를 한층 빛나게 만들던 운무도 없었다. 토가족들이 정성들여 만든 계단도 없었다. 그저 분지로 내려갈 수 있는 소로(小路)가 전부였다.

"표정이 왜 그래?"

"아뇨, 그냥……."

풍월이 실망한 기색이 역력한 형웅을 보며 피식 웃었다.

"기대했던 풍광은 아니라서? 난 이제야 현실로 돌아온 것 같아서 오히려 편……."

풍월의 말이 갑자기 끊겼다.

급격히 커진 눈에 놀람과 반가움이 동시에 나타났다.

"오랜만에 뵙습니다, 풍 공자."

은혼이 반가움 가득한 웃음으로 두 사람을 반겼다.

"은 형이 어째서 여기에… 아니, 언제 도착했어요?"

"어젯밤에 도착했습니다. 군사님의 명을 받고 풍 공자를 기다리고 있었지요. 한데 매혼루의 루주까지 만나게 될 줄은 상상하지도 못했습니다."

은혼은 풍월 곁에 선 형웅을 보고 무척이나 놀란 얼굴이었다.

풍월이 형웅의 어깨에 팔을 걸치며 잡아당겼다.

"이 녀석, 동생 삼았습니다. 구양 형님과 함께."

"아! 풍 공자가 군산에서 젊은 청년과 결의형제를 맺었다는 얘기는 들었습니다. 한데 그가 루주일 줄은……."

은혼은 아직도 믿기지 않는 표정으로 풍월과 형웅을 바라보았다.

생각해 보면 풍월을 대할 때마다 형웅의 표정이며 말투가 어딘지 남달랐다. 여차하면 칼을 돌려야 하는 상대임에도 과할 정도로 친절하고 다정했다.

'이미 그때부터 조짐이 보였군.'

피식 웃은 은혼이 두 사람을 향해 정중히 예를 표했다.

"두 분 결의형제가 되신 것을 진심으로 축하합니다."

"고마워요, 은 형. 한데 우릴 기다린 겁니까?"

"예."

"왜요?"

예상치 못한 반문에 은혼의 눈빛이 흔들렸다.

"예?"

"왜 기다렸냐고요?"

"구, 군사님의 명을 받고 기다렸습니다. 풍 공자님을 모셔오라고 하셨습니다."

은혼의 대답에 풍월이 실소를 터뜨렸다.

"하! 그 아저씨 또 은근슬쩍 엮으려 하네. 은 형, 미안한데 이번엔 안 가요. 패천마궁과 엮이는 건 비무대회가 마무리되면서 동시에 끝났습니다."

"하지만……."

"돌아가서 군사께 전하세요. 난 더 이상 패천마궁 소속이 아니라고. 그리고 어차피 금방 볼 것 같으니까 정 만나고 싶으면 그때 보자고요. 어디서 수작질이야. 아, 마지막 말은 빼고요."

씨익 웃으며 은혼의 팔을 툭 치고 지나가는 풍월, 하지만 은혼은 결코 웃을 수가 없었다.

천문동 아래 분지는 위에서 보던 것과는 또 달랐다. 위에선 우거진 수풀이 빼곡히 들어차 땅이 잘 보이지 않을 정도였지만, 막상 내려와 보니 생각만큼 나무들이 많지 않았다.

무엇보다 인상적인 것은 분지 중앙을 가로지르는 냇물이었다.

천문산 정상에서 발원하여 천문동을 타고 흘러내린 물이 분지를 가로지르며 제법 규모가 큰 냇물을 이뤘다.

"완전 얼음장인데요."

냇물에 손을 담갔던 형웅이 물을 한 모금 마셨다.

"맛은 좋고요."

"그러네. 가슴까지 시리다."

형웅을 따라 물을 마시며 과장되게 몸을 떨던 풍월이 무엇을 본 것인지 눈빛을 번뜩이며 움직였다.

"이거, 자연적으로 이리 된 것 같진 않지?"

풍월이 날카롭게 잘린 나무를 가리키며 물었다.

"깔끔하게 잘라냈네요. 흠, 그렇게 잘라낸 나무가 한두 개가 아닌 것 같아요."

형웅이 일정한 간격을 두고 부러진 나무들을 가리키며 말했다.

"아마도 이곳에 진법이 펼쳐져 있던 모양이다. 가만있자 천문동에서 내려오자마자 만나는 진법이……."

"풍운조화진(風雲調和陣)이요."

갑자기 들려온 음성에 풍월의 몸이 빙글 돌았다.

"아, 맞다. 풍운조화진. 진을 파괴하는 방법은 매개체가 되는 나무들을 제거할 것."

풍월은 천마도의 비밀이 공개되었을 때 제갈중이 덧붙인 말을 읊조리며 자신 앞에 선 청년에게 환한 미소를 지었다.

"왜 여기 있는 거야? 미리 들어가지 않았어? 아니, 그보다 몸은 좀 어때?"

풍월이 연속적으로 질문을 퍼부었다.

"본진은 아침에 들어왔지만 저는 밖에서 대기하고 있었습니다. 몸은 이제 괜찮고요."

유연청이 차분히 대답했다.

강적 남궁휴와 치열한 싸움을 펼치며 양패구상을 함으로써 비무대회에서 패천마궁이 승리하는 데 풍월 못지않게 공헌한 사람이 바로 그였다.

몸은 괜찮다고 했지만 안색을 보니 완전한 것 같지는 않았다.

"괜찮다니 다행이다. 난 좀 그런데."

풍월이 어깨를 움츠리며 엄살을 폈다.

"워낙 치열했으니까요. 당시 부상을 감안했을 때 이렇게 움직이는 게 이상해 보입니다."

"흐흐흐. 내가 강골이긴 해."

유연청의 어깨에 팔을 올리려던 풍월은 그의 뒤에선 노인들의 눈매가 날카롭게 변하는 것을 보곤 슬며시 팔을 내렸다.

"한데 이분들은……."

"아, 녹림십팔채의 장로님들입니다. 뒤늦게 도착하셔서 제가 모시는 중이지요."

유연청의 말에 노인들을 빠르게 살핀 풍월은 남다른 기도를 내뿜고 있는 노인들을 향해 살짝 허리를 숙였다.

"풍월입니다."

"알고 있다. 우리 아이들이 신세를 많이 졌다지?"

커다란 덩치, 부리부리한 눈매, 흉신악살을 연상케 할 정도로 거친 인상에 수염을 덥수룩하게 기르고 있는 노인이 쩌렁쩌렁한 목소리로 말했다.

풍월은 미처 의식하지 못하고 있었으나 노인들이 풍월에 대해 품고 있는 감정은 무척이나 좋지 않았다.

과거 풍월과 충돌한 천목채가 사실상 해체가 되었고, 느닷없이 끼어든 패천마궁은 풍월에 대해 신경을 끊으라는 경고와 함께 몇몇 산채를 흔적도 없이 지워 버렸다.

노인의 말에는 그때의 일에 대한 원한이 깊게 배여 있는 것. 한데 풍월은 질문의 요지를 완전히 오해했다.

"신세랄 것도 없습니다. 동료로서 당연한 것이지요, 안 그래?"

풍월이 유연청을 향해 해맑게 웃으며 물었다.

노인들의 눈빛이 서늘해졌다.

특히 질문을 던졌던 노인, 녹림십팔채 수뇌들 중에서 가장 성격이 괄괄한 열화신권(烈火神拳) 장포는 거친 콧김을 내뱉으며 당장에라도 주먹을 휘두를 기세였다.

유연청이 재빨리 그들 앞을 가로막으며 말했다.

"풍 형에게 많은 도움을 받았지요. 은혜는 잊지 않고 있습니다."

"낯간지럽게 은혜는 무슨. 당연한 걸……."

쿠쿠쿵!

둔탁한 울림과 함께 풍월의 말이 뚝 끊겼다.

풍월에게 향했던 노인들의 살기도 덩달아 멈췄다.

"쓸데없는 소리를 할 때가 아닌 것 같네."

"그러게요."

유연청이 심각한 얼굴로 고개를 끄덕였다.

"일단 가보자고. 어떤 난리가 났는지."

풍월이 유연청의 팔을 툭 치곤 걸음을 옮겼다.

지금껏 무심한 눈길로 유연청과 노인들을 살피고 있던 형웅이 재빨리 따라붙었다.

그제야 형웅의 존재를 의식한 노인들이 고개를 갸웃거렸다. 걸음걸이만 봐도 결코 만만찮은 실력을 지닌 것으로 보이는데 코앞에 있던 그의 존재감을 어째서 느끼지 못했는지 이해가 되지 않는다는 얼굴이었다.

"우리도 가요."

유연청이 아직도 멍한 얼굴로 형웅을 바라보고 있던 노인들을 잡아끌었다.

바삐 걸음을 옮긴 풍월과 유연청 일행은 소리의 진원에 금방 도착할 수 있었다.

그곳엔 천문동에 든 모든 세력들이 모여 있었다. 재밌는 것은 분지 중앙을 가로지르는 냇물을 중심으로 정무련에 속한 세력들과 그렇지 못한 세력으로 정확히 양분되어 있다는 것이다.

풍월이 도착을 하자 거의 모든 시선이 일제히 그에게 쏠렸다.

지금껏 계속해서 많은 인원들이 도착을 하고 있었음에도 이런 관심을 받는 것은 그가 처음이었다. 아마도 비무대회에서 보여주었던 대활약과 더불어 천마도의 비밀을 세상에 공개한 주역이라는 이유 때문일 터였다.

자신에게 쏟아지는 시선에 부담감을 느낀 풍월이 어색한 웃음을 흘리며 유연청을 바라보았다.

"바로 합류할 거지?"

"예, 그래야지요."

"녹림은 저쪽인가 보네."

풍월이 냇물 오른편에 모여 있는 자들을 힐끗 바라보며 말했다.

"네."

"어서 가봐. 몸조심하고."

"풍 형도요."

풍월과 유연청은 가벼운 인사와 함께 서로에게 몸을 돌

렸다.

형응은 서둘러 걸음을 옮기는 유연청과 노인들의 뒷모습을 물끄러미 바라보다 말했다.

"꽤나 친한 모양입니다."

풍월이 유연청을 향해 힐끗 고개를 돌리곤 웃었다.

"친하기보다는 혼자 이리저리 치이는 것 같아서 나름 신경 좀 썼지. 그래서 정이 좀 쌓였나 보다."

"정이라……."

형응이 조용히 읊조리는 사이 정무련 진영에 도착한 풍월은 곧바로 제갈세가가 모여 있는 곳으로 향했다.

정무련이라고 해봐야 개방이 도착하지 않은 지금, 어차피 인연이 있는 곳은 화산파와 제갈세가뿐이었고, 자신을 반기지 않을 것이 뻔한 화산파보다는 이 모든 상황을 함께 만들어낸 제갈세가가 훨씬 편하다는 생각 때문이었다.

풍월을 알아본 제갈세가의 식솔들은 그를 곧바로 제갈중에게 안내했다.

"어서 오게나."

제갈중이 환히 웃으며 풍월을 반겼다.

"고생이 많으신 것 같습니다."

풍월이 며칠 사이에 수척해진 제갈중의 얼굴을 살피며 마주 웃었다.

"이곳까지는 편안했네. 진짜 고생은 지금부터 시작이지."

제갈중이 안개가 자욱한 전방을 바라보며 한숨을 내쉬었다.

과거 운무쇄혼진에서 고생을 했던 풍월은 그 안개가 자연적으로 생긴 것이 아니라 인위적인 것임을 금방 알아봤다.

"기문진인가요?"

"맞네. 암무환영미로진(暗霧幻影迷路陣)이라고 정말 지독한 절진이야. 파훼를 하려고 시도했으나 벌써 몇 번이나 실패했네."

"이름만 들어도 끔찍하네요."

풍월이 몸을 떨었다.

"솔직히 무서운 기문진이기는 하나 파훼를 못 할 정도는 아니네. 어느 정도 연구도 되었고."

"한데 어째서 파훼를 못 하는 겁니까?"

"암무환영미로진만 있는 것이 아니라 그 안에 온갖 해괴한 기관매복이 함께하고 있다는 것이 진짜 문제라네. 확인한 것만 해도 벌써 세 개일세. 그걸 확인하기 위해 쓰러진 목숨만 오십이 넘고."

제갈중의 시선이 맞은편으로 향했다.

세상에 공개된 천마도의 비밀을 확보한 패천마궁은 누구보다 빨리 천마동에 들었고 분지 곳곳에 설치된 기문진과 기관매복을 파죽지세로 부수며 지금 이 자리에 도착했다.

하지만 그런 패천마궁도 암무환영미로진 앞에선 한 발자국도 전진을 하지 못하고 있는 상태였다.

두어 번 돌파 시도를 했다가 막대한 피해를 입고는 아예 시도 자체를 하지 않았다. 아마도 잃은 병력을 충원할 때까지는 일체의 움직임을 멈추려는 것 같았다.

"무당파와 남궁세가가 연이어 돌파를 시도했지만 그들 역시 실패를 하고 말았네. 안내를 하기 위해 함께했던 본가의 제자들도 희생이 되었지."

제갈중이 침울한 표정으로 말을 이었다.

"이런 식으로는 안 되네. 피해만 계속 늘 뿐이야."

"어찌해야 한다고 보십니까?"

"힘을 합쳐야지. 정무련과 패천마궁이 힘을 합쳐야 그나마 가능성이 보일걸세."

"쉽지 않겠네요."

풍월의 단언에 제갈중이 씁쓸히 웃었다.

"지금 당장은. 하지만 최소한 논의는 할 수 있을 것이라 보네. 물론 그때까지도 시간이 필요할 것이고 많은 이들의 희생이 있어야겠지만."

제갈중의 예측은 정확했다.

풍월이 도착한 이후에도 암무환영미로진을 깨기 위한 도전은 계속됐다. 하나, 처절한 실패와 그에 따른 막대한 인명 피해만 발생할 뿐 좀처럼 해결의 실마리는 보이지 않았다.

그사이 풍월과 제갈중, 구양봉이 본격적으로 나서면서 정무련과 패천마궁의 협력을 끌어내기 위해 애를 썼지만 소용이 없었다.

암무환영미로진을 단독으로 돌파한 뒤 정확하지도 않은 그 무엇을 얻기 위한 양측의 욕심은 모든 협상 자체를 거부하게 만들었다.

정무련과 패천마궁이 협상을 시작하게 된 것은 풍월이 분지에 도착하고 정확히 열흘이 지난 시점, 양측에서 무려 삼백 가까운 인원이 목숨을 잃은 뒤였다.

군사 순후를 중심으로 하는 패천마궁의 두뇌들과 제갈세가와 사마세가를 중심으로 하는 정무련의 두뇌들이 암무환영미로진을 파훼하기 위해 머리를 맞댔다.

그간 실패한 사례들까지 함께 공유되자 비록 진을 당장 파훼하지는 못했지만 인명 피해만큼은 확 줄었다.

그렇게 다시 열흘이 지난 시점, 마침내 그들 모두를 괴롭혔던 암무환영미로진이 파훼됐다.

한 치 앞도 보지 못하게 만들었던 안개가 사라지는 것으로 암무환영미로진이 파훼되었음을 확인한 양측의 무인들은 거침없이 전진을 시작했다.

기관매복도 완전히 박살 난 상태라 그들의 발걸음을 멈추게 할 것은 아무것도 없었다.

하지만 한 걸음, 한 걸음 전진을 할수록 드러나는 참상에 그들 모두는 할 말을 잃었다.

암무환영미로진을 뚫기 위해 희생된 인원만 사백, 그들의 시신이 바로 거기에 있었다.

온갖 두려움과 공포, 체념 등이 뒤섞인 표정으로 쓰러져 있는 시신들, 그나마 온전한 시신은 손에 꼽을 정도였고 대다수가 사지가 끊어지고 온몸이 갈가리 찢기고 뭉개진 채 처참하게 목숨을 잃은 모습이었다.

한 폭의 지옥도를 연상케 하는 모습에 곳곳에서 토악질이 쏟아지고 양측 수뇌들 사이에서 우선적으로 시신을 수습해야 하지 않겠냐는 논의가 시작됐다.

그런데 언제부터인지 이제 막 부패하기 시작한 시신들과는 달리 이미 완전히 백골로 변해 버린 시신들이 곳곳에서 발견이 되었다.

시신을 우선적으로 수습하자던 논의는 흔적도 없이 사라졌다. 특히나 백골이 된 시신에게서 무공 비급이 발견되는 순간, 분지는 이내 아수라장이 되어버렸다.

시신에서 나온 무공 비급을 놓고 곳곳에서 신경전이 벌어지고 말다툼이 일어났다. 다행히 칼부림이 벌어지는 최악의 상황까지는 벌어지지 않았다.

이유는 간단했다.

처음 무공 비급을 발견한 사내가 비명을 지르며 쓰러졌고 순식간에 숨이 끊어졌기 때문이다.

그 사내뿐만이 아니었다.

무공 비급을 만진 모든 이들이 극독에 중독이 되어 쓰러졌다.

비로소 사람들은 백골이 된 시신들과 그곳에 놓인 무공 비급 또한 암무환영미로진에 속한 또 하나의 함정이라는 것을 깨닫게 되었다.

한데 시신에서 나온 모든 무공 비급이 가짜는 아니었다.

무공 비급을 손에 쥐었으면서도 여전히 살아남은 누군가의 입에서 떨리는 음성이 흘러나왔다.

"제… 왕무적… 검."

우내오존의 한 명이자 남궁세가를 사대세가 중 으뜸으로 만든 중시조(中始祖―집안을 다시 일으킨 시조) 검존(劍尊) 남궁백의 무공이 세상에 다시 등장했다.

검존의 무공을 얻은 사람은 개인 자격으로 천마도의 비밀을 손에 넣은 비호객(飛虎客) 선우빈이었다.

선우빈은 하남을 중심으로 활동하는 검객인데 소림의 속가제자였다는 소문도 있었고, 군문에서 배출한 인물이라는 소문도 있었지만 어느 하나 정확한 것은 없었다. 다만 만만 찮은 경공 실력에 검술마저 뛰어나 하남에선 제법 명성을 얻었다.

평생토록 검에 매달린 선우빈은 자신이 얻은 비급이 어떤 것인지 단번에 알아봤다.

딱히 그가 아니더라도 검을 쥔 무인으로서 제왕무적검이 검존의 독문무공이라는 것을 모른다는 것은 결코 있을 수 없는 일이었다.

선우빈은 미친 듯이 뛰는 가슴을 필사적으로 진정시키며 슬며시 주변을 돌아보았다. 혹여라도 자신을 지켜보는 시선이 있을까 바싹 긴장한 모습이었다. 하나, 아비규환으로 변한 주변 상황 덕에 누구 하나 그에게 신경을 쓰는 사람이 없었다.

내심 안도를 한 선우빈은 좌우를 살피며 손에 든 무공 비급을 최대한 조심히 품으로 가져갔다. 그 잠깐의 시간이 그렇게 길게 느껴질 수는 없었다.

무공 비급이 선우빈의 품속으로 완전히 사라지던 순간이었다.

"잠깐."

누군가가 그의 팔을 잡았다.

기겁한 선우빈이 황급히 몸을 빼려 했지만 그의 뒤로 소리

없이 접근한 사내의 완력은 보통이 아니었다. 오히려 그 바람에 품속에 감추려던 무공 비급을 바닥에 떨어뜨리는 우를 범하고 말았다.

깜짝 놀란 선우빈이 무공 비급을 주우려고 몸을 숙였다.

사내의 움직임이 그보다 더 빨랐다.

"제왕… 무적검?"

무공 비급의 이름을 확인한 사내가 고개를 갸웃거렸다.

들어보지 못한 이름이다.

선우빈과는 달리 그는 손에 든 무공 비급이 검존의 무공임을 눈치채지 못했다. 그러나 이미 이름만으로도 뭔가 심상치 않은 무공임을 짐작할 수는 있었다.

"내 것이다. 당장 내놔."

잔뜩 흥분한 선우빈이 손을 휘저었지만 사내, 패천마궁 측에 빌붙어 있으면서 패천마궁에 속하지는 않고 선우빈처럼 단독으로 천마도를 입수한 혈랑수(血狼手) 석추가 능숙하게 그의 손을 피해 몸을 뺐다.

"웃기는 소리. 이 빌어먹을 장소에 있는 물건에 주인이 어디 있어? 손에 쥔 놈이 임자지."

"내가 먼저 찾았다."

천고의 보물을 눈앞에서 강탈당한 선우빈이 눈이 벌게져 악을 썼다.

"지금은 내 손에 있지."

석추가 능글맞은 표정으로 그를 비웃었다.

선우빈으로선 미치고 팔짝 뛸 노릇이었다.

당장 검을 휘둘러 석추의 목을 날려 버리고 싶었다. 하지만 그가 자신보다 실력이 뛰어남을 직감하곤 함부로 움직일 수 없었다. 더구나 자신을 도발하듯 얼굴은 웃고 있되, 눈은 차갑게 가라앉아 있었다.

선우빈이 함부로 움직이지 못하도록 날카로운 눈빛으로 견제하고 있는 석추의 머리는 지금 맹렬히 회전하고 있었다.

손에 쥔 무공 비급이 어떤 것인지는 정확히 모른다. 다만 천마총과 연관되었다고 봤을 때 그 값어치는 따지기 힘들 터였다.

자신과 맞지 않는 무공이라도 상관없었다. 천마총에서 나온 무공 비급이라면 천만금을 제시해도 원하는 사람은 부지기수일 테니까.

'우선은 이 빌어먹을 곳을 빠져나간다.'

천마총이 잠들어 있다는 분지는 말 그대로 지옥 같은 곳이었다. 이름도 들어보지 못한 기문진과 기관매복에 의해 언제 목숨이 날아갈지 몰랐다.

기문진을 파훼한다는 미명하에 자신처럼 힘도, 세력도 없는 자들이 무수하게 희생을 당했다. 설사 운 좋게 천마총에 도착한다고 하더라도 얻을 수 있는 것은 아무것도 없을 것이란 생각이 들었다.

'애당초 여기에 온 것이 병신 짓이었지.'

호기심 때문에 목숨을 잃을 뻔했다. 하지만 바로 그 호기심 덕분에 인생을 바꿀 만한 보물을 얻었다. 남은 것은 무사히 탈출하는 것뿐.

선우빈을 살피던 석추의 눈빛이 반짝거렸다.

그의 손을 낚아챌 때 은밀히 살포한 독이 드디어 효과를 내기 시작했다.

선우빈이 피를 토하며 크게 휘청하는 것과 동시에 석추가 몸을 날렸다.

주변 상황이 여전히 아수라장을 방불케 하고 있었기에 그의 움직임을 크게 신경 쓰는 사람이 없었다. 공포에 질린 몇몇 사람들이 이미 몸을 뺀 것도 석추에겐 큰 도움이 되었다.

오직 선우빈만이 미친 듯이 도망치는 석추의 등을 쫓았다.

급격히 희미해지는 정신 속에서 그는 자신의 목숨이 끊어지리란 것을 정확히 인식했다. 그 원인이 석추에게 있다는 것도.

원독에 찬 눈빛으로 석추를 노려보던 선우빈이 돌연 자신의 혀를 깨물었다.

갑작스레 밀려든 고통에 순간적이나마 정신이 돌아오자 죽을힘을 다해 외쳤다.

"제왕무적검이다! 놈이 제왕… 무적검… 을……."

선우빈은 마지막 말을 맺지도 못하고 급격히 무너져 내렸다. 그러나 그가 남긴 마지막 외침의 효과는 확실했다.

선우빈의 외침에 가장 먼저 반응한 사람은 당연히 남궁세가의 식솔들이었다.

천문동으로 향하기 전, 남궁무백으로부터 천마총을 반드시 찾아야 하는 이유, 그 옛날, 중시조의 실종 사건에 대한 설명을 들었기에 제왕무적검이란 단어에 기민하게 반응했다.

선우빈의 숨이 끊어지기도 전, 그의 주변으로 몇 명이 몰려들고 몇몇은 곧바로 석추의 뒤를 쫓았다.

그런데 남궁세가만 기민하게 반응한 것은 아니었다.

선우빈의 외침이 있기도 전, 석추와 선우빈의 행동을 이상하게 생각하고 진즉부터 그들의 움직임을 살피던 자들이 있었다.

남궁세가의 무인들이 석추에게 접근하기 직전, 패천마궁 흑귀대 소속의 무인들 몇이 그의 앞을 막아섰다.

"왜 그리 서둘러 도망치는 것… 컥!"

비릿한 웃음을 지으며 석추의 앞을 막아섰던 흑귀대원의 입에서 단말마가 터져 나왔다.

자신의 목을 관통한 검을 움켜쥐고 있는 석추의 얼굴이 고통으로 일그러져 있었다.

석추와 그의 앞을 가로막은 흑귀대원이 힘없이 무너져 내릴 때 이기어검으로 두 사람의 숨통을 끊은 남궁무백이 어느새 그들 곁으로 다가왔다.

동료의 죽음을 바로 옆에서 지켜본 흑귀대원 넷이 남궁무백을 향해 검을 겨눴으나 수십 년째 무림십대고수의 자리에서 내려오지 않았던 무적검성이 무시무시한 기세를 뿜어내며 다가오자 감히 움직일 생각을 하지 못했다.

단지 기세만으로 흑귀대원들의 움직임을 묶은 남궁무백이 직접 석추의 품을 뒤졌다. 관통당한 목에서 솟구치는 피가 옷을 적셨지만 아랑곳하지 않았다.

떨리는 손으로 석추의 품을 뒤지던 남궁무백이 검존의 무공 비급을 찾아냈다.

"아!"

무공 비급을 확인한 남궁무백의 얼굴은 희열로 가득했다.

그 순간, 남궁무백의 기도에 눌려 있던 흑귀대원들이 곧바로 검을 휘둘렀다.

온 무림인들에게 공포의 대명사로 통하는 패천마궁의 사귀대.

그중 가장 거칠고 잔인하기로 유명한 이들이 바로 흑귀대다. 하지만 설사 그들이라 해도 자신들이 공격하는 사람이 남궁세가의 전대 가주요, 현 정무련주라는 것을 감안했다면 보다 신중했을 것이다.

문제는 동료가 죽었다는 것이다.

죽음보다 더욱 고통스러운 수련 과정 속에서 오직 생존을 위해 수없이 동료들을 죽여 왔던 그들이다. 마침내 모든 수련 과정을 끝내고 사귀대로 태어났을 때 그들은 역설적으로 동료들의 목숨을 자신의 목숨 이상으로 끔찍하게 생각하게 되었다.

그런 동료가 남궁무백의 검에 허무하게 죽었다.

동료의 죽음 앞에서 이성 따위는 순식간에 사라졌다. 다만 이성을 잃을 자들마저 움직이지 못할 정도로 남궁무백이 뿜어낸 기세는 압도적이었다.

한데 그런 남궁무백의 기세가 검존의 무공 비급을 얻자 순간적으로 흔들렸고 그 찰나 짓눌렸던 분노가 일거에 터져 나온 것이다.

급작스럽게 시작된 공격이었으나 흑귀대원들의 공격은 완벽했다.

바람을 가르며 짓쳐드는 검의 움직임은 어느 하나 겹치지 않았고 남궁무백의 움직임을 봉쇄하며 동시에 치명적인 요혈을 노렸다.

흑귀대원들의 공격이 얼마나 빨랐는지 주변에 몰려든 남궁세가의 무인들 중 그들의 움직임에 반응하지 못한 사람이 태반이었다. 그나마 반응을 했다고 하더라도 흑귀대원들의 움직임을 따라잡지 못했다.

절체절명의 순간, 무방비나 다름없던 남궁무백이 발을 구르며 노호성을 내뱉었다.

"컥!"

"크악!"

남궁무백을 공격했던 네 명의 흑귀대원들이 외마디 비명을 지르며 꼬꾸라졌다.

그야말로 의기상인(意氣傷人)의 경지.

단순히 기합만으로 패천마궁의 정예라는 흑귀대를 날려 버린 남궁무백의 신위에 다들 경악을 금치 못했다.

남궁세가의 무인들이 비틀거리는 그들을 공격하려 할 때 남궁무백이 손을 들어 그들을 말렸다.

비록 제왕무적검이란 말에 이기어검을 써서 도주하는 석추를 잡았지만 그 과정에서 실수가 있었다.

그토록 찾아 헤맸던 중시조의 무공을 다시 잃을 수 있다는 두려움에 다소 감정이 흐트러지고 말았다. 그로 인해 석추는 물론이고 그 앞을 막던 흑귀대원의 목숨까지 빼앗게 된 것이었다.

고작 한 사람의 목숨일 수 있었다. 조금 전만 하더라도 수십 명이 넘는 목숨이 순식간에 사라졌다. 그러나 그 상대가 패천마궁의 흑귀대라면 상황이 전혀 달랐다.

　원래 싸움이라는 것도 아주 사소한 것에서부터 시작되는 법이 아니던가. 현 상황에서 흑귀대원의 죽음이 어떤 식으로 꼬이게 될지 전혀 예측할 수가 없었다. 최악의 경우 패천마궁과 본격적으로 무력 충돌이 일어날 수도 있다는 생각이 들었다. 해서 자신의 목숨을 노렸음에도 불구하고 흑귀대원들의 목숨을 빼앗지 않은 것이다.

　그사이 동료의 죽음을 확인한 흑귀대가 남궁세가 무인들을 에워쌌다. 당장에라도 공격할 듯 흉흉한 살기를 내뿜으며 흑귀대주 흑암의 명만을 기다렸다.

　"이제 와서 아량이라니 우습지 않소?"

　어느새 나타난 곡한이 싸늘한 웃음을 지으며 물었다.

　"미안하게 되었소. 본의는 아니었소."

　"사람의 목숨을 해쳐놓고 본의가 아니었다? 그런 말로 넘어갈 상황은 아니라고 보오만."

　곡한의 반응이 한층 싸늘해지자 그들을 에워싸고 있는 흑귀대의 살기도 하늘을 찔렀다.

　그리고 그 살기를 제어하지 못한 흑귀대원 하나가 마주 노려보고 있는 남궁세가 무인을 향해 느닷없이 검을 찔렀다.

이미 충분히 대비하고 있었음에도 막아내기가 버거울 정도로 빠른 공격에 남궁세가 무인의 옆구리에서 피가 솟구쳤다.

그도 당하고만 있지는 않았다. 공격을 당하는 순간 재빠른 반격으로 자신에게 상처를 입힌 자에게 똑같은 부상을 안겨주었다.

그것이 시작이었다.

이성을 잃은 흑귀대원들이 남궁세가와 그들을 지원하기 위해 달려온 이들을 향해 미친 듯이 달려들었다. 공격을 당한 자들 역시 필사적으로 반격을 가하니 분지는 순식간에 피비린내가 넘치는 전장으로 변하고 말았다.

이는 남궁무백은 물론이고 곡한도 전혀 예상치 못한 전개였다.

굳은 표정으로 서로를 바라본 남궁무백과 곡한은 동시에 몸을 돌렸다. 앞으로 어떤 상황이 벌어질지 모르는 상황에서 정무련과 패천마궁의 충돌은 전혀 바람직하지 않았다.

서둘러 싸움을 종료시켜야 했다.

두 사람이 개입을 하자 활화산처럼 타올랐던 싸움의 불길은 순식간에 가라앉았다.

곡한의 계속적인 명에도 불구하고 몇몇 대원들이 악귀처럼 달려들었지만 그들 역시 대주 흑암의 명에 의해 분노의 검을 멈췄다. 곡한은 어째서 싸움을 방치했느냐는 듯한 눈빛을 흑암에게 보내며 다시금 남궁무백과 마주했다.

"결국 일이 이렇게······."

곡한이 조금 전보다 한층 더 무거운 분위기로 입을 떼려는 찰나였다.

"잠시 멈추시지요."

두 사람의 시선이 동시에 음성의 주인에게 향했다.

말이 끊긴 곡한은 꽤나 불쾌한 표정이었으나 딱히 불만을 토로하지 않았다. 패천마궁의 군사라면 자신의 말을 끊을 자격이 충분했기 때문이다.

"무슨 일인가?"

곡한의 물음에 사방에 흩어진 시신들을 힐끗 바라보며 인상을 구긴 순후가 더없이 무거운 목소리로 말했다.

"누군가 개입을 했습니다. 우리가 알지 못하는 제삼의 세력이."

질문을 한 곡한은 물론이고 남궁무백의 눈동자도 크게 흔들렸다.

"그게 무슨 소린가? 다른 세력이라니?"

곡한의 물음에 순후의 뒤편에서 당일곤이 모습을 드러냈다. 그의 손에는 순식간에 수십 명의 목숨을 빼앗은 무공 비급이 들려 있었다.

"두 분도 아시다시피 이곳에서 발견된 책에는 독이 발라져 있습니다."

"그렇지."

남궁무백이 고개를 끄덕이며 자신도 모르게 품으로 손을
가져갔다.

"저희들이 확인한 바 책에서 발견된 독은 절혼탈백분(絶魂
奪魄粉)이라는 극독입니다. 남만에 살고 있는 녹혈지주(綠血
蜘蛛)의 피를 기본으로 하여 다섯 가지의 독초를 섞어 만드는
것으로, 보셨다시피 극히 소량만으로도 사람을 절명시키는 위
력을 지녔습니다. 중요한 건 그 독이 만들어진 지 오십 년도
채 되지 않았다는 겁니다."

"오… 십 년? 지금 오십 년이라 했나?"

남궁무백이 깜짝 놀라 되물었다.

"예, 확실합니다."

"흠."

남궁무백의 입에서 침음이 흘러나왔다.

곡한이 두 사람의 대화를 이해하지 못하는 듯하자 순후가
조용히 말했다.

"천마총이 외부와 단절된 것은 수백 년이 넘었습니다. 한데
오십 년도 되지 않은 독이 발견되었다는 것은 누군가 이미 이
곳을 다녀갔다는 얘기가 되는 것이지요."

"누, 누가 다녀갔다는 것인가?"

곡한이 기겁한 얼굴로 되묻자 순후의 뒤에서 풍월이 불쑥 고개를 내밀었다.

"누구겠습니까? 가짜 천마도를 세상에 뿌린 바로 그놈들, 누구도 그 실체를 알지 못하는 암중 세력이겠지요."

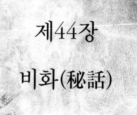

제44장

비화(秘話)

"이놈들이! 아직까지 술판이더냐?"

오랫동안 이어진 회의에 지쳐 돌아온 방주 황우방은 바닥에 굴러다니는 술병을 보고는 이맛살을 찌푸렸다.

"앉으세요. 그런데 회의가 꽤나 길어졌네요."

풍월이 자리를 내주며 말했다.

"길어질 수밖에. 우내오존의 무공 비급에 암중 세력이 개입한 정황까지 드러났으니 난리도 아니었지. 저마다 잘났다고 한마디씩 툭툭 던지는데 어찌나 시끄러운지. 입을 꿰매 버릴 수도 없고."

황우방이 귀를 후볐다. 사방에서 떠들어대는 소리를 오랫동안 참았더니 귀가 아직까지 먹먹했다.

"탁월한 선택이었네."

구양봉이 제갈세가와 당가의 요청에도 불구하고 회의에 참석하지 않은 풍월을 향해 엄지손가락을 치켜세웠다.

"가봤자 좋은 소리 못 들을 게 뻔한데 갈 이유가 없잖아. 딱히 할 얘기도 없고."

어깨를 으쓱거린 풍월이 황우방에게 물었다.

"남궁세가는요? 돌아간다고 하지 않아요? 원하는 걸 찾은 것 같던데요."

"흥! 가긴 어딜가? 명색이 정무련의 련주라는 사람이 그런 사고를 쳤는데. 남궁세가 쪽에서 발을 빼려는 기미가 보여서 몇 마디 쏘아주니 바로 꼬랑지를 내리더라. 괘씸한 놈들 같으니."

황우방은 남궁세가가 자신들의 이익만을 챙기려는 모습에 몹시도 실망한 듯했다.

"한데 우내오존이 대체 누굽니까? 예전에 할아버지들께서 잠깐 언급은 하신 것 같은데 기억이 잘 안 나네요."

풍월의 물음에 황우방이 심드렁히 대꾸했다.

"그걸 왜 나한테 물어?"

"방주님 아니면 누구한테 묻습니까? 방주께서 금이야, 옥이

야 아끼시며 키운 후개는 술만 마실 줄 알지 제대로 아는 게
없어서요."

풍월이 구양봉이 들고 있던 술병을 낚아채 황우방의 빈 잔
에 따르며 말했다.

"그건 네 말이 맞다. 제 놈 입만 입이지. 사부 입은 주둥이
냐?"

황우방이 풍월의 말에 맞장구를 치며 기분 좋게 잔을 들이
켰다.

"우내오존이라니! 그 이름이 갑자기 튀어나올 줄은 상상도
못했다."

"갑자기는 아니고요. 일전에 군산에서 패천마궁 궁주와 정
무련주의 대화 중에 잠깐 나오기는 했습니다. 제대로 들은 사
람이 없어서 그렇지."

풍월의 말에 황우방의 눈이 휘둥그레졌다.

"그 중요한 말을 어째서 하지 않은 것이냐?"

"누구한테요? 뭔 소린지 정확히 알지도 못하는데. 또 말할
정신도 없었어요. 다들 경쟁하듯 군산 밖으로 뛰쳐나갔으니
까."

"끄응."

황우방의 입에서 못마땅한 신음이 흘러나왔다. 그의 매서
운 눈초리가 구양봉에게 향했다.

"네놈은 거기까지 가서 뭘 한 게냐?"

"저놈한테 얻어맞았습니다. 뭐, 귀여운 동생도 얻었고."

시큰둥하게 대꾸하던 구양봉이 어느새 다가와 술병을 쥐어
주는 형응에게 눈웃음을 던졌다.

"터진 입이라고……."

발끈하려던 황우방은 구양봉 곁에 자리 잡고 앉는 형응을
바라보며 복잡한 표정을 지었다.

구양봉이 풍월을 의형제로 삼았다는 것을 알았을 땐 그러
려니 했다. 철산마도의 후예라 알려졌지만 화산검선의 후예이
기도 했으니까.

아니, 굳이 화산검선의 후예가 아니더라도 충분했다. 비록
마도에 몸을 담고 있기는 했지만 철산마도는 의와 협이 무엇
인지 아는 영웅이었다.

다소 물의를 일으키기는 했으나 풍월의 행보 또한 크게 흠
잡을 곳이 없었다.

오히려 천마도라는 희대의 보물을 지니고 있으면서도 개인
적으로 욕심을 내는 것이 아니라 수재민을 구하고 무림의 혼
란까지 잠재웠으니 이만한 영웅도 없었다.

처음 만나자마자 이놈, 저놈 하며 편하게 지낼 수 있는 것
도 다 그런 이유였다.

하지만 형응은 달랐다.

매혼루의 루주였다는 말을 들었을 때 뭐라 할 말이 없었다.

고작 돈 몇 푼에 사람의 목숨을 빼앗는 인면수심의 짐승들이 바로 살수가 아니던가.

매화루는 바로 그 살수들의 최고봉. 의와 협을 최고의 가치로 치는 개방과는 그야말로 상극인 곳이다.

한데 개방의 후개가 비록 어린 나이에 은퇴(?)를 했다고는 하나 매화루의 수장이었던 형응과 의형제를 맺었으니… 이 사실이 외부에 알려지기라도 한다면 무림 동도들에게 고개를 들 자신이 없었다. 당장 개방 내부에서도 큰 반발이 있을 터였다.

'하아!'

사부의 마음도 모른 채 형응과 낄낄대며 술잔을 주고받는 구양봉의 태연함에 천불이 났다.

"땅 꺼지겠네요. 이미 엎질러진 물이니 쓸데없는 고민은 하지 마시고 설명이나 해주세요."

황우방은 자기가 무슨 고민을 하는지 뻔히 알면서도 염장을 지르는 풍월을 노려보며 다시금 한숨을 내쉬고 거푸 술잔을 들이켰다.

석 잔의 술을 마신 후 탁 하고 술잔을 내려놓는 황우방의 눈빛이 살짝 변했다.

"우내오존은 천마가 활동하던 당시 정파무림에서 가장 뛰어난 영웅들을 칭했던 말이다. 천마의 명성이 워낙 대단해서 잘 알려져 있지는 않지만 수백 년이 흐른 지금까지도 단언컨대 그들만 한 고수는 나오지 않았다."

"설마요. 검황이라는 불세출의 영웅이 있는데요."

풍월이 발끈하여 반박했다.

어릴 적부터 동경해 온 검황이란 이름은 그에겐 신성불가침의 절대적인 영역이다.

풍월이 할아버지들에게 우내오존에 대해 설명을 들었음에도 제대로 기억을 하지 못하는 이유는 우내오존과 검황을 비교해서였다.

그 순간, 아예 귀를 닫아버린 것이다.

황우방이 그런 풍월을 보며 가소롭다는 듯 웃었다.

"검황이 우내오존 중 한 명의 후예라면 어쩔 테냐?"

상상도 할 수 없는 말에 풍월은 순간적으로 사고가 정지한 듯 보였다.

주거니 받거니 술잔을 기울이면서도 두 사람의 대화에 귀를 쫑긋거리고 있던 구양봉과 형웅도 그대로 굳었다.

풍월이 간신히 정신을 수습하고 물었다.

"제대로 이해를 못 하겠습니다. 그러니까 검황께서 우… 내오존의 후예라고요?"

"확실한 건 아니다."

황우방이 담담한 표정으로 술잔을 들자 풍월이 살짝 떨리는 손길로 술을 부었다.

"다만 그렇게 예상할 뿐이다."

황우방의 말에 풍월의 표정이 급변했다.

무림에서 가장 정보력이 뛰어난 개방의 방주 입에서 흘러나온 예상은 사실상 확정이라 해도 과언은 아니다.

"자세히 듣고 싶습니다."

풍월이 정색을 하자 나름 진지했던 황우방의 표정은 오히려 장난스러워졌다.

"이놈아! 누가 뒈지기라도 했느냐? 표정이 왜 그따위야?"

"……."

풍월이 별다른 반응을 보이지 않자 황우방이 코웃음을 쳤다.

"좋다. 네 원하니 속 시원히 말을 해주마. 귓구멍 후비고 잘 듣거라. 검존 남궁백, 소소신승(笑笑神僧), 파천신부(破天神斧) 원신, 권왕(拳王) 조무, 마지막으로 천풍묵검(天風墨劍). 이들을 일컬어 우내오존이라 불렀다. 검존은 지방의 소소한 가문이었던 남궁세가를 사대세가로 만들어낸 인물이고, 언제나 웃는 낯이라는 소소신승은 소림사의 파계승, 권왕 조무는 정확하지는 않으나 일인전승으로 맥을 이어온 것으로 알려졌다.

현재 맥은 끊긴 것으로 보인다. 파천신부 원신은 쌍부로 유명한 개부문(蓋斧門)의 대장로였는데 그가 갑자기 실종되면서 개부문 역시 급격히 몰락의 길을 걸었다. 결국 정마대전에선 멸문을 당하고 말았지."

황우방이 더없이 진지한 표정으로 자신의 말을 경청하는 풍월을 힐끗 살피며 말을 이었다.

"마지막으로 천풍묵검은 우내오존 중에서 활동한 시기가 가장 짧고, 젊으면서도 무공은 당시 정파제일인으로 꼽히던 소소신승만큼 강했던 인물인데, 그에 대해선 전혀 알려진 바가 없다. 출신은 물론이고 이름과 나이도 알지 못한다. 그저 한 자루 묵검으로 상대를 압살시켰다는 기록뿐이다."

"혹, 천풍묵검이 검황……."

풍월이 말끝을 흐렸다.

"검황이라기보다는 검황의 선조쯤 되지 않을까 싶다."

"이유가 있겠지요?"

"당연히. 검황의 대표적인 무공이라 할 수 있는 만압금쇄라고 알지?"

"물론입니다."

모를 리가 없었다. 화평연의 비무대회에서 직접 경험까지 했으니까.

"천풍묵검의 기록을 살펴보면 그와 유사한 수법으로 상대를 쓰러뜨린 적이 종종 있어."

"비슷한 무공은 얼마든지……."

"아니, 단순히 비슷한 정도가 아니라니까. 그들과 직접 비무를 해보신 본 방의 선조들께서 남긴 기록에 의하면 거의 같은 무공이라 해도 무방할 정도로 유사하다는 거야."

풍월의 인상이 구겨지는 것을 보며 실소를 터뜨린 황우방이 술잔을 들었다.

"왜? 절대무적, 고금제일이라 생각한 검황과 비슷한 수준의 고수가 많은 것 같아서 실망한 것이냐?"

"아닙니다."

"아니긴, 표정을 보니 딱 그런데. 한심한 놈. 검황이 아무리 강하다 하더라도 수많은 고수들이 명멸(明滅—나타났다 사라짐)한 무림사에 그만한 고수가 없을 것 같으냐? 당장 천마가 활동하던 때, 고금을 막론하고 무림의 최절정기라 할 수 있는 당시엔 검황 못지않은 고수들이 많았다. 우내오존은 물론이고 천마를 따르는 팔대마존 또한 검황보다 강하면 강했지 못하지는 않을게다."

황우방이 눈썹을 꿈틀대는 풍월을 보며 피식 웃었다.

"믿지 못하겠느냐? 노부가 재밌는 것 하나 알려주마. 패천마궁이 천마의 후예를 자처한다는 것은 알고 있지?"

"예."

"헛소리다."

"예?"

"헛소리라고. 천마의 후예는 지랄! 정확히 말하자면 팔대마
존 중 서열 오위였던 패천마존(覇天魔尊)의 후예에 불과하단
말이지."

풍월은 자신도 모르게 냇물 맞은편에 자리 잡고 있는 패천
마궁 진영을 바라보았다.

정무련과의 충돌 때문인지 적막 속에서 전체적으론 흉험한
기운이 느껴졌다.

"어때, 대단하지? 천마의 수족에, 그것도 중간 서열에 불과
했던 패천마존의 후예가 무림을 좌지우지하는 거대 세력의
수장이 되었다는 것이."

"방주님의 말씀이 맞다면 확실히 대단하긴 대단하네요."

"그러니까 이 난리가 나는 거야. 지금이라면 능히 천하제일
이라 해도 무방할 우내오존과 팔대마존, 그리고 정마대전으로
인해 수많은 무공이 유실되기 전, 각 문파와 세력의 전성기를
이끌었던 전설 속의 고수, 기인들이 난립하던 시기에 그들 모
두의 정점에 선 인물이 바로 천마니까."

그저 막연히 천마의 무덤, 비밀을 풀면 천마가 남긴 보물을
얻을 수 있는 것이라 여겼던 풍월은 황우방의 설명을 통해 천
마총이 무림인들에게 어떤 의미로 다가오는 것인지 비로소 정

확하게 이해할 수 있었다.

"그나저나 우내오존의 무공이 이곳에 나타난 것을 보니 소문이 맞기는 한 모양이다."

"소문이라니요?"

"옛날부터 천마에 관해 전설처럼 내려오는 소문이 있었다. 워낙 허황되고 정확한 사실 기록이 없어 헛소리로 치부되고 있었는데, 우내오존의 무공이 발견된 이상 완전히 헛소리라고는 할 수도 없게 되었어."

"그러니까 그게 무슨 소문이냐고요."

어느새 풍월 곁으로 다가와 앉은 구양봉이 목소리를 높였다.

"그것도 몰라? 네놈이 개방의 후개가 맞기는 한 거냐?"

황우방이 혀를 차며 물었다.

"싫다는 사람 억지로 시킨 사람이 바로 사붑니다."

"이놈이!"

"마음에 들지 않으면 지금이라도 다른 사람에게 넘기시든지요. 네가 할래?"

구양봉이 옆구리를 툭 쳤지만 풍월은 눈길조차 주지 않았다.

"헛소리는 신경 쓰지 말고 말씀이나 계속해 주세요. 어떤 소문이 돈 건데요?"

"우내오존이 천마와 양패구상을 했다는 소문이었다. 그렇지 않다면 천마성이라는 거대한 세력을 구축한 천마가 그렇게 갑자기 사라질 리가 없다는 것이지."

"아예 믿을 수 없는 말은 아닌 것 같네요. 더구나 이곳에서 우내오존의 무공을 보게 되었으니."

"그렇긴 하다만 단정은 하지 마라. 이곳에 암중 세력이 개입했다는 것이 밝혀졌다. 만약 당가가 놈들이 사용한 독을 제때에 파악해 내지 못했다면 저들 중 몇이나 살아남았겠느냐?"

황우방이 굳은 얼굴로 냇물을 중심으로 서로 마주 보고 있는 정무련과 패천마궁 진영을 번갈아 살폈다.

"우내오존의 무공 또한 놈들이 던진 함정일 수도 있는 것. 현 상황에서 확실한 것은 아무것도 없다. 물론 모든 가능성을 열어둬야 하겠지만."

"예, 확실히 그래야 할 것 같습니다."

풍월이 무거운 표정으로 고개를 끄덕였다.

"아무튼 천마가 사라지고 우내오존까지 모습을 감추는 바람에 그런 소문이 나돌긴 했는데 이내 사그라들었다. 우내오존이 강한 것은 틀림없지만 애당초 고금제일인으로 일컬어지는 천마와 팔대마존을 상대할 수가 없다는 것이지. 더구나 소림에서 파계를 당한 소소신승이 소림으로 돌아와 성불

했다는 사실이 알려지며 소문은 완전히 사라졌다. 우내오존 중 가장 강한 것으로 알려진 소소신승이 빠진 상황에서 팔대마존을 거느린 천마와 싸운다는 것은 애당초 불가능한 일이니까. 뭐, 소소신승이 함께했다 하더라도 불가능했겠지만 말이다. 이후엔 오히려 팔대마존의 음모설이 더 신빙성을 얻었다."

구양봉이 다시 얼굴을 들이밀었다.

"음모요? 그건 또 뭔데요?"

벌컥 술을 들이켠 황우방이 착 가라앉은 음성으로 말했다.

"일인자를 꿈꾸는 이인자들의 반란."

*   *   *

"이인자들의 반란이라. 그게 궁금해서 이 밤중에 달려온 것인가?"

정무련만큼이나 오랫동안 회의를 하느라 지친 기색이 역력한 순후가 어이없다는 얼굴로 물었다.

막 잠자리에 든, 그나마도 불편하기 짝이 없는 잠자리에서 겨우 잠을 청했건만 느닷없이 들이닥친 풍월로 인해 단잠은 요원해져 버렸다.

"죄송합니다. 그런데 참을 수가 없어서요. 우내오존의 등장에 팔대마존이라니. 이런 비화가 있는 줄은 생각지도 못했습니다."

순후는 눈빛을 반짝반짝 빛내고 있는 풍월을 보며 차마 내칠 수가 없었다.

한숨을 내쉬며 대기하고 있던 수하에게 명했다.

"술상 좀 준비하거라."

술상이라 봐야 별것 없었다.

대충 자른 나무판자에 커다란 가죽 주머니에서 술을 호로병에 옮겨 담았고 안주는 잘게 자른 육포가 전부였다. 그래도 술맛은 좋았다.

"그러니까 정확하게 자네가 듣고 싶은 말이 뭔가?"

순후가 물었다.

"패천마궁이 팔대마존 중 패천마존과 직접적인 관계가 있다고 들었습니다."

"맞네. 철산마도 노선배께서 말씀해 주지 않으셨나?"

"듣지 못했습니다."

"뭐, 그럴 수도."

가볍게 고개를 끄덕인 순후가 짧게 술을 들이켠 후, 천천히 입을 열었다.

"패천마궁은 패천마존님의 실종 후, 제자인 곤륜이란 분께서 세우신 것이네. 그분이 바로 패천마궁의 초대 궁주시지."

"패천마존 역시 실종이 된 거군요."

"그런 셈이지."

"하면 천마와 팔대마존이 부딪쳤다는 소문이……."

풍월이 자기도 모르게 목소리를 낮췄다. 순후가 그런 풍월을 보며 실소를 내뱉었다.

"이 밤중에 쳐들어와서 마음껏 떠들어대더니 이제 와서 뭘 그리 조심을 하나?"

"하하! 눈치가 보이긴 하네요."

"눈치? 자네가 그런 말을 하니 어째 이상하군. 아무튼 과거에 그런 소문이 무림에 돈 것은 사실이네. 당시엔 누구라도 충분히 의심을 할 수 있는 상황이었으니까. 우내오존 중 가장 강했다는 소소신승이 소림에서 입적한 것이 확인이 되고, 천마조사님의 실종에 우내오존이 개입했을 가능성이 희박하다는 것이 기정사실이 되면서 의심은 당연히 팔대마존에게 향할 수밖에 없었네. 팔대마존의 반란이 아니고선 고금제일인이라는 천마조사님의 실종을 설명할 길이 없었거든. 더불어 팔대마존의 갑작스러운 실종 또한 천마조사님이 아니면 설명할 수 없고. 문제는 당시 상황을 알 수 있는 단서가 전혀 없다는 것이었네."

"그렇군요. 아, 그런데 팔대마존의 다른 후예들은 없었습니까? 패천마존의 후예가 패천마궁을 세웠듯이 다른 마존들의 후예들도 각자의 세력이 있었을 텐데요."

"철산마도 노선배님께서 그 정도는 말씀해 주셨을 텐데. 아닌가?"

"듣지 못했습니다. 아, 정마대전 전에 마도의 패권을 놓고 치열한 다툼이 있었다는 말은 들었네요."

"맞네. 아주 치열한 다툼이 있었지. 팔대마존의 후예들이 키워낸 세력들 간의."

"아!"

풍월이 탄성을 내뱉었다.

"풍천뇌가는 팔대마존 중 서열 이 위였던 뇌정마존(雷霆魔尊)의 후예들이, 수라검문은 수라마존(修羅魔尊)의 후예들이, 적룡무가는 적룡마존(赤龍魔尊)의 후예들이 세운 것이네. 그리고 다른 마존들의 후예들 역시 자신들만의 세력이 있었지. 오랜 세월 치열한 세력 다툼이 펼쳐졌네. 물론 모두가 알다시피 그 싸움에서 승리한 곳이 바로 패천마궁이고."

"그렇군요."

풍월의 입에서 다시금 탄성이 터져 나왔다.

"아무튼 우리가 이곳에 온 것은 단순히 천마조사님의 무공만을 찾고자 함은 아니네. 물론 그것이 가장 큰 이유임은 부정할 수 없으나, 당시 천마조사님과 팔대마존에게 어떤 일이 벌어진 것인지에 대한 궁금증도 크다네. 한데 우내오존의 무공이라니……."

답답함을 내비치며 호리병을 드는 순후의 얼굴은 조금 전, 황우방이 보여준 것과 다르지 않았다.

"정무련 쪽에선 뭐라던가?"

"당황하고 있지요. 직접적인 당사자라 할 수 있는 남궁세가는 어떤 확신이 있었는지 모르지만 대부분의 사람들은 우내오존은 아예 생각하지도 않고 있었습니다. 심지어 개방에서도요."

"우리도 그랬지. 그런데 눈앞에서 검존의 무공 비급을 보니 뭐가 뭔지 알 수가 없게 되어버렸네."

순후의 입에서 절로 한숨이 흘러나왔다.

"개방의 방주께선 모든 가능성을 염두에 두어야 한다고 하셨습니다. 우내오존이 정말로 천마조사의 실종과 관계가 있을 수도 있지만……."

"암중 세력이 개입한 것일 수도 있다?"

"예."

"당가가 밝혀낸 독 때문이라도 후자에 힘이 실리는군."

"저도 그리 생각합니다. 놈들이 천마조사나 우내오존의 실종과 연관이 있는 것은 아닌가 의심도 되고요."

풍월의 말에 순후가 고개를 저었다.

"그건 아닐걸세. 당시에 천마조사님과 팔대마존, 우내오존을 어찌할 수 있는 세력이 있었다면 지금껏 얌전히 있지는 않았을 테니까. 아마도 우연찮게 천마도를 얻고 우리보다 앞서 이곳을 찾지 않았을까 싶네만."

"하면 우내오존의 무공은요? 최소한 우내오존과는 연관이 있을 것 같은데요."

"그건……"

순간, 말문이 막힌 순후가 잠시 머뭇거리다 착 가라앉은 목소리로 대답했다.

"천마총을 찾으면 확실히 알 수 있겠지."

*   *   *

"…십수 명의 사상자가 발생했다고는 하나 사실상 실패라 봐도 무방할 것입니다."

문상 사마조의 말에 곳곳에서 탄식이 터져 나왔다.

"어느 정도는 타격을 줄 수 있다고 생각했는데 운이 좋은 놈들이군."

대장로 위지허가 긴 수염을 손끝으로 비비며 아쉬워했다.

"쓸데없이 검존의 무공 비급만 낭비한 셈이 아닌가?"

구장로 육잠이 불만 어린 표정으로 물었다.

"확실하게 필사를 해두었으니 상관없습니다. 물론 원본으로

서의 가치가 있기는 하지만 미끼로 사용하기 위해선 어쩔 수 없지요."

"놈들이 미끼를 제대로 물었는데 하필이면 그때 당가가……."

위지허가 혀를 차자 좌중에 모인 이들의 시선이 말석에 앉아 조용히 술잔을 기울이는 중년인에게 향했다.

"대체 일 처리를 어찌한 거야? 절대로 못 알아본다고 하지 않았나?"

중년인, 독괴 추망우를 향해 육잠이 노골적으로 반감을 드러냈다.

"운이 좋았을 뿐이다."

"운은 무슨. 이러니저러니 해도 당가는 당가군. 설마하니 남만에서 만들어진 독까지 알고 있을 줄이야. 안 그렇습니까, 대장로님? 정말 상상도 못 했습니다."

위지허는 육잠이 추망우의 위신을 추락시키기 위해 자신을 끌어들이자 불쾌한 표정을 감추지 않았다.

"쓸데없는 소리는 하지 말게. 당가가 눈치를 채서 일이 다소 꼬이긴 했지만 그전에 이미 충분한 효과를 거뒀으니까. 몇 명이나 줄였지?"

위지허의 물음에 사마조가 기다렸다는 듯 대답했다.

"독에 중독되어서 목숨을 잃은 자들의 수가 대략 오십 정도 됩니다."

"들었나?"

"죄송합니다."

육잠은 위지허의 심기가 좋지 않음을 간파하고 얼른 고개를 숙였다.

못마땅한 눈빛으로 잠시 그를 바라보던 위지허가 추망우를 향해 부드러운 미소를 보냈다.

"추 장로는 마음에 두지 말게."

"괜찮습니다. 육 장로 말대로 제가 너무 안이하게 생각한 모양입니다. 솔직히 당가가 절혼탈백분을 알아볼 것이란 생각은 하지 않았으니까요. 하지만 두 번의 실수는 없습니다."

위지허는 추망우의 눈에서 한광이 뿜어져 나오는 것을 보며 너털웃음을 흘렸다.

"아직도 결심엔 변함이 없는 모양이군. 직접 나설 생각인가?"

"그렇습니다."

"어차피 그들 중 살아남을 수 있는 사람은 아무도 없네. 그건 당가도 마찬가지. 제 놈들끼리 알아서 치고받고 하다 쓰러질 텐데 굳이 위험을 무릅쓰려 하는가?"

"잊으셨습니까? 제가 이곳 개천회에 적을 둔 이유를 말입니다."

"음."

위지허의 입에서 나지막한 신음이 흘러나왔다.

무림십대고수로 명성을 떨치던 추망우를 개천회의 그늘에 두기 위해 처음 접근했을 때 그가 요구한 것은 단 하나뿐이었다.

사천당가의 확실한 몰락.

추망우와 사천당가의 악연이야 모르는 사람이 없을 정도였지만 그것도 이미 수십 년 전의 일이다.

하지만 추망우는 여전히 마음속에 원한의 칼을 갈고 있었고 개천회가 그만한 힘이 있다는 것을 알자마자 두말할 것도 없이 손을 잡았다. 더불어 사천당가와의 싸움에서 늘 선봉에 설 수 있는 권리까지 요구하고 나섰으니 개천회에서도 거절할 이유가 없었다.

당시 추망우를 포섭하기 위해 움직였던 사람이 바로 대장로 위지허였다.

추망우과 과거의 일까지 들먹이며 전의를 불태우는 상황에서 딱히 할 말이 없었다.

"알겠네. 원하는 대로 하게나. 대신 조심해야 하네."

"감사합니다."

추망우가 위지허를 향해 살짝 고개를 숙이곤 사마조에게 물었다.

"언제 움직이면 되는 것인가?"

"며칠만 기다려 주십시오."

"며칠이나?"

"저 많은 이들을 홀로 상대하여 완벽하게 처리하실 자신이 있으면 지금 당장 움직이셔도 상관은 없습니다만 그게 아니라면 제 말을 따라주십시오."

"혹여 놈들이 도망이라도 친다면……."

"저들은 아직 눈치를 채지 못하고 있지만 천마동은 이미 천문금쇄진으로 완벽하게 봉쇄가 된 상태입니다. 단언컨대 한 놈도 빠져나갈 수 없을 것입니다. 하니 믿으세요. 반드시 추장로께서 흡족할 만한 복수의 장을 만들어 드리겠습니다."

담담히 이어지는 사마조의 말투엔 사람의 마음을 끄는 묘한 힘이 있었다.

"믿겠네."

추망우가 묵직히 고개를 끄덕였다.

"계획을 조금 바꿔야겠습니다."

"어떻게 말이냐?"

위지허가 태연히 반문하자 사마조가 눈을 동그랗게 떴다.

"놀라지 않으십니까?"

"놀라야 하느냐?"

"그건 아닙니다만."

"추 장로와 육 장로 등을 돌려보내고 따로 남아달라는 전음을 보냈을 때부터 대충 짐작은 하고 있었다. 애당초 추 장로가 사용한 독이 놈들에게 들키는 순간부터 모든 계획은 틀어질 수밖에 없으니까. 그래, 어찌 바꿀 생각이냐?"

위지허의 물음에 사마조는 잠시 침묵했다. 위지허는 재촉하지 않고 그의 말을 기다렸다.

"저들을 이용해 천마동부를 열어볼까 합니다."

행여나 누가 듣기라도 할까 사마조가 목소리를 낮췄다.

"흠, 그렇구나."

"이번에도 놀라지 않으시는군요."

"예상 가능한 일이지 않으냐. 놀랄 이유가 없지. 한데 괜찮겠느냐?"

"아버… 아니, 회주님을 걱정하시는 겁니까?"

"그래, 천마총에 대한 회주님의 집착을 알지 않으냐? 이번 계획도 탐탁하지 않게 여기신 분이다. 한데 다른 곳도 아니고 천마동부로 적을 끌어들였다는 것을 아시면……."

위지허는 겉으로 드러난 학자풍의 모습과는 달리 열혈의 피를 가지고 있는 친우의 모습을 떠올리며 말을 잇지 못했다.

"상황이 바뀌면 계획도 바뀌는 법입니다. 정무련과 패천마궁이 힘을 합친 이상 천마동부에 도착하는 것은 시간문제일 것이고, 추 장로가 사용한 독으로 인해 저들이 우리의 존재를 눈치채고 의심하기 시작했으니 자중지란을 기대하기도 어렵습니다. 설사 팔대마존이나 우내오존의 무공 비급을 가지고 유혹을 한다 해도 말이지요."

"그렇겠지. 언제든지 뒤통수를 맞을 수 있다고 생각할 테니까."

"게다가 우리가 천마동부를 열었을 때 입어야 할 피해를 고스란히 떠넘길 수도 있습니다."

동의한다는 듯 고개를 끄덕이던 위지허가 문득 물었다.

"한데 추 장로는 어찌할 생각이냐? 네 입으로 분명 만족할 만한 복수의 장을 만들어준다고 했다."

"대장로께서 달래주셔야지요."

"뭐라?"

"당가가 절혼탈백분을 알아본 것은 분명 예상 밖의 일이었습니다. 하나 그렇다고 해도 실수는 실수지요. 다만 추 장로의 체면을 생각해서 면전에서 언급을 하지 않은 것뿐입니다."

"하니 책임을 물어 입을 다물게 해라?"

위지허가 어이없다는 얼굴로 물었다.

"그저 저들이 천마동부에 들어서서 충분히 위험을 제거할 때까지 기다리는 정도입니다. 그 이후엔 무슨 짓을 하든 상관을 하지 않을 테니까요."

사마조가 말을 마치자마자 벌떡 일어났다.

위지허가 그의 분위기가 심상치 않음을 느끼며 물었다.

"어디를 가려는 게냐?"

"원래의 계획대로라면 당장 내일 아침쯤 우리 쪽 아이들이 서로 상잔하여 분란을 유도하게 되어 있었습니다. 계획이 바뀌었으니 쓸데없는 희생은 막아야지요."

사마조가 종종걸음으로 사라지자 위지허가 쓸쓸히 읊조렸다.

"내일 죽으나 며칠 후에 죽으나 어차피 희생은 예정된 것. 며칠 더 목숨을 연명해 봤자 그저 하루하루가 고통인 것을……."

*   *   *

검존의 무공 비급으로 인해 칼부림을 했던 정무련과 패천마궁은 언제 서로에게 검을 겨눴냐는 듯 협조 체제를 굳건히 했다.

앙금이야 남아 있겠지만 암중 세력의 존재가 확실하게 나타난 상황에서 그것을 겉으로 드러낼 만큼 어리석지 않았다.

정무련과 패천마궁은 곧바로 전열을 정비하고 천마가 잠들어 있다는 천마동부를 향해 전진을 시작했다.

과정은 여전히 험난했다.

암무환영미로진만큼 복잡하고 파훼하기 힘든 기문진이 존재하지는 않았으나 오히려 그때보다 피해는 훨씬 컸다. 곳곳에 설치된 기관매복의 종류나 질이 이전과 비할 바가 아니었기 때문이다.

많은 사람들이 희생됐는데 그들 대부분은 힘없는 문파나 세력, 개인의 자격으로 천문동에 들어온 사람들이었다.

정무련은 나름대로 그들의 편의를 봐주려 애썼으나 아무런 노력도 없이 과실만 따먹으려는 심보는 용납하지 않겠다며 냉정하게 선을 그은 패천마궁으로 인해 큰 효과는 거두지 못했다.

몇몇 사람들은 정무련의 행동 또한 어차피 생색내기에 불과한 것이라며 패천마궁과 싸잡아 비난을 하기도 했다.

어쨌거나 많은 이들의 피와 땀, 서러움을 바탕으로 꾸준히 전진을 한 정무련과 패천마궁은 정확히 사흘 만에 천마동부를 눈앞에 둘 수 있었다.

딱히 이름이 새겨져 있거나 현판이 있는 것은 아니었다.

하지만 그들은 인공미가 전혀 느껴지지 않는 천연의 동굴, 마치 악마의 입처럼 음습하고 불쾌한 기운이 느껴지는 동굴이야말로 모든 무림인들이 그토록 찾아 헤맨 천마동부임을 직감적으로 알 수 있었다.

"마침내 도착했군."

"예."

곡한과 순후가 감개무량한 얼굴로 천마동부를 바라보았다.

패천마궁에 속한 이들 대부분이 그들과 비슷한 표정으로 천마동부를 바라보고 있었다. 아마도 마도의 조종이라 할 수 있는 천마의 발자취를 직접 확인할 수 있는 기회를 갖게 된 것을 무척이나 영광스럽게 생각하는 것 같았다. 더불어 실전된, 고금제일인이라 추앙받는 천마조사의 무공까지 얻을 수 있는 기회였다.

이들을 바라보는 정무련 측의 분위기는 조금 달랐다.

상당한 희생을 치르고 힘들게 천마동부에 도착한 것은 분명 감격스럽고 기뻐할 일이었으나 전체적으로 뭔지 모르게 굉장히 불안해하는 모습이었다.

천마동부에서 천마가 남긴 유물을 확인했을 때 천마의 후예임을 자처하는 패천마궁에서 어찌 나올지 가늠이 되지 않기 때문이었다.

군산에서 어떠한 협상이나 거래 없이 천마총을 차지하겠다는 독고유의 선언도 이들의 불안감을 부추겼다.

물론 함께 고생하여 천마동부에 이른 만큼 암묵적으론 서로의 지분을 어느 정도는 인정한다는 분위기였으나, 정무련의 수뇌들은 기관매복을 뚫어내는 과정에서 팔대마존 중 적룡마존의 무공 비급이 우연찮게 발견했을 때 패천마궁에서 보여준 행동을 똑똑히 기억하고 있었다.

적룡마존의 무공 비급을 최초로 발견한 곳은 무당파였다.

무당파는 무공 비급을 숨기려 하였다. 딱히 적룡마존의 무공이 욕심나서 그런 것은 아니었다. 무당파의 무공을 발전시키는 데 있어 어느 정도 참고는 할 수 있겠지만 애당초 가는 길이 다른 무공이다.

그럼에도 숨기려 했던 것은 적룡마존의 무공 비급이 패천마궁의 손에 들어갔을 때 벌어질 일을 걱정했기 때문이다. 이미 당대 최고의 힘을 보유한 패천마궁이 실전된 팔대마존의 무공까지 확보한다는 것은 정무련 입장에선 큰 위협이라 할 수 있었다.

그러나 검존의 무공 비급이 발견된 이후, 이미 서로의 움직임을 감시하고 있던 패천마궁은 무당파의 움직임을 놓치지 않았다.

무당파에서 적룡마존의 무공 비급을 얻었다는 것을 확인한 패천마궁은 남궁세가의 예를 들며 자신들에게 무공 비급을 넘기라며 노골적으로 협박을 하기 시작했다. 특히 적룡마존과 직접적으로 연관이 있는 적룡무가 사람들은 당장에라도 피를 볼 기세였다.

결국 제갈세가와 개방, 그리고 풍월의 적극적인 중재로 인해 적룡마존의 무공 비급을 패천마궁에 넘겨주고 이후, 어떤 식으로든 보상을 한다는 약속을 받아냄으로써 일촉즉발의 위기는 마무리가 되었다.

한데 눈앞에 천마동부가 있었다. 팔대마존의 무공 비급을 가지고도 그 난리가 났는데 그와는 비교도 되지 않는 천마의 무공이 발견이라도 된다면 상황이 어찌 돌아갈지 가늠조차 되지 않았다.

"후!"

풍월이 천마동부를 보며 짙은 한숨을 내쉬었다.

"웬 한숨이야?"

구양봉이 육포를 질겅거리며 물었다.

"걱정돼서. 천마의 무공이잖아. 여차하면 칼부림 날걸."

"그럴 것 같기도 하다. 그래도 너무 걱정하지는 마. 회의가 오래 계속되는 걸 보니 그 정도는 다 생각을 하고 있는 것 같으니까."

구양봉이 턱짓으로 정무련과 패천마궁의 수뇌들이 회의를 하고 있는 곳을 가리켰다.

벌써 반 시진 가까이 이어진 회의다. 간간이 고성까지 터져 나오는 것을 보면 의견 조율이 생각보다 쉽지는 않은 것 같았다.

"그런데 정말 천마의 무공이 있을까요?"

구양봉이 건넨 육포를 열심히 씹던 형응이 이 사이에 낀 찌꺼기를 꺼내 손가락으로 튕긴 후 물었다.

"뭔 소리야?"

"그냥 궁금하잖아요. 이 난리를 피웠는데 막상 아무것도 없으면 어떡해."

"흐흐흐. 말해 뭐 해. 다 병신 되는 거지."

풍월이 키득거리며 말했다.

"이미 팔대마존의 무공 비급과 우내오존의 무공까지 발견되었잖아. 뭐라도 있겠지."

구양봉의 말에 풍월이 고개를 저었다.

"차라리 없는 게 나을 수도 있을 것 같은데. 형님 말대로 저리 열심히 회의를 하고 협상을 한다고 해도 막상 천마의 무공이 눈앞에 있으면 다들 눈이 뒤집힐걸. 피 보는 거야 당연한 거고. 그거야말로 암중 세력이 가장 바라는 그림일 텐데 그럴 바에야 아무것도 없는 것이 낫지 않을까?"

"흠, 듣고 보니 그럴 것 같기는 해도 뭔가 아쉽다. 어찌 보면 전설의 현장에 와 있는 거잖아. 나중에야 어찌 되었든 있었으면 좋겠… 끝난 모양이다."

구양봉의 말에 풍월과 형웅이 고개를 돌렸다. 회의를 끝낸 양측의 수뇌들이 바쁜 걸음으로 흩어지고 있었다.

"어찌 결론이 났으려나."

풍월의 중얼거림에 구양봉이 옆구리를 툭 쳤다.

"우리 영감한테 가보자."

"됐어요. 금방 알게……."

풍월의 말은 이어지지 못했다.

구양봉이 그를 안다시피 해서 개방의 제자들이 머무는 곳으로 끌고 갔기 때문이었다. 형웅도 남은 육포를 입에 털어 넣고 그 뒤를 따랐다.

*　　　　　*　　　　　*

"저들이 천마동부에 도착했다고 합니다."

사마조의 말에 추망우의 눈이 번뜩였다.

"하면 이제 시작해도 되는 것인가?"

독기로 가득한 추망우의 눈동자를 보며 사마조는 고개를 끄덕일 수밖에 없었다. 어찌 보면 지금까지 참아준 게 고마울 정도였다.

"예, 일전에 말씀드린 대로 우선적으로 천문동 외부에 있는

자들을 제거합니다. 육 장로님, 지금 즉시 은검단을 소환해
주십시오."

"그리하지."

육잠이 흔쾌히 고개를 끄덕였다.

"은검단의 포위가 무사히 완료되고 적들을 격멸하려면 추
장로님의 도움이 필요합니다."

"말만 하게. 난 준비가 끝났네."

"그럼 부탁드리겠습니다."

사마조가 정중히 고개를 숙였다.

천문동 내부에 진입한 사람들이 온갖 기문진과 기관매복에
시달리며 하루하루 피 말리는 날을 보내고 있다면 천문동 외
부에서 대기하고 있는 사람들은 한가롭기 짝이 없었다.

간간이 오가는 전령을 통해 내부의 긴박한 상황을 전해 듣
고는 있지만, 말로 듣는 것과 직접 경험하는 것은 그야말로
천지 차이였다.

암중 세력이 공격을 할지 모른다는 경고로 인해 그나마 약
간이라도 긴장감을 유지하고 있는 것이지, 만약 그런 경고마
저 없었다면 속된 말로 개판으로 변해도 무방했을 정도의 지
겹고 무료한 시간을 보내고 있었다.

그런 상황에서 천문동 주변을 뒤흔드는 외침이 들려왔다.

"사람들이 나온다!"

누군가의 입에서 터진 외침은 급격하게 주변으로 퍼져 나갔고 한가롭게 휴식을 취하고 있던 이들 모두를 천문동으로 연결되는 계단 아래 공터로 집결시켰다.

계단 정상, 천문동을 통해 속속 사람들이 모습을 보였다.

몇몇 사람들이 계단을 오르기 시작하자 누구 하나 할 것 없이 경쟁적으로 계단을 오르기 시작했다.

"어리석은 놈들!"

계단을 가득 덮은 사람들을 보며 계단 정상에 모습을 드러낸 추망우가 비틀린 웃음을 내뱉었다. 그의 주변, 천문동 입구에 머물고 있던 자들 모두가 시신이 되어 쓰러져 있었다.

추망우가 허리를 숙여 한 줌의 흙을 쥐었다.

허리를 펴고 흙을 뿌리니 뒤쪽에서 불어오는 바람에 의해 아래쪽으로 빠른 속도로 퍼져 나갔다.

바람의 강도와 움직임에 만족한 추망우가 발밑에 놓인 커다란 상자를 열었다. 상자에는 주먹만 한 쇠구슬이 가득했다.

"시작해라."

추망우가 뒤쪽에 서 있는 자들에게 말했다.

이십여 명 가까이 되는 인원이 일제히 환호성을 질렀다. 그들의 함성이 천문동, 아니, 천문산 전체를 쩌렁쩌렁하게 울렸다. 누가 듣더라도 승리의 함성, 환호성이었다.

"이걸 본 당가 놈들의 면상이 궁금하군."

차갑게 웃은 추망우가 계단을 향해 쇠구슬을 던졌다.

가장 앞서 계단을 오르던 자들이 뭔가 이상하다는 것을 눈치챘을 땐 그들 앞에 떨어진 쇠구슬이 수십, 수백 개의 파편으로 산산조각 나면서 그들을 덮친 후였다.

"끄아악!"

"커흑!"

파편에 직격당한 사람들이 끔찍한 비명과 함께 계단에서 나뒹굴었다.

파편에 맞지 않은 사람들의 상황도 좋지는 않았다. 쇠구슬이 터지며 쏟아져 나온 모래가 호흡기로 파고든 것이다. 수십 가지 절독에 담겨져 있던 독 모래를 흡인한 자들은 세 호흡도 되지 않아 칠공에서 피를 쏟아내며 비틀거렸다.

"독이다!"

누군가의 경고가 천문동을 뒤흔들었지만 이미 늦었다.

아래쪽에서 계단을 오르던 자들은 위의 상황을 제대로 인지하지 못하고 계속해서 계단을 오르는 중이었고 위쪽에 있던 사람들은 추망우가 던지는 쇠구슬의 파편과 독에 의해 속절없이 쓰러지고 있었다.

안타깝게도 그들의 비명은 위쪽에서 들려오는 압도적인 환호성에 묻혀 버리고 말았다.

적의 공격이 모두에게 알려진 것은 바람에 실려온 독 모래를 확인하자마자 미친 듯이 소리를 질러대며 경고를 한 당가의 무인들 덕이었다.

하지만 그 짧은 시간, 계단을 오르던 인원 중 오분의 일이 목숨을 잃고 말았다.

"역시 완전하지 않아. 확실히 부족해."

추망우는 계단 아래로 던진 쇠구슬 중 절반 정도가 제대로 폭발하지 않는 것에 상당한 아쉬움을 보였다. 물론 그 안에 들어 있는 독 모래를 퍼뜨리는 데 큰 문제는 없다지만 단순히 부서지면서 독 모래를 뿌리는 것과 파편이 사방으로 비산하는 것과는 차원이 달랐다. 독 묻은 파편 자체만으로도 엄청난 살상력이 있었고 독 모래도 보다 넓게 퍼뜨릴 수 있기 때문이다.

"아직까지는 흉내가 고작인가? 혈루비가 지닌 완벽한 폭발력과 살상력에도 부족하고 염왕사에 담긴 순수 독의 위력 면에서도 부족하다. 역시 오랜 관록과 경험의 힘을 따라잡기란 쉽지 않군."

추망우가 쓰게 웃었다.

그래도 크게 실망하는 눈빛은 아니다. 그는 다른 이들의 도움 없이 혼자의 힘으로 이만큼이나 해낸 것에 대해 충분한 자부심을 가지고 있었다.

"자, 이제 마무리를 지어야겠지."

마지막 쇠구슬까지 힘껏 내던진 추망우가 천천히 계단을 내려가기 시작했다.

추망우가 뿌린 독 모래는 천문동에서 불어오는 강한 바람을 타고 엄청난 속도로 확산이 되었지만 그만큼 빨리 사라져 그가 계단 아래에 내려왔을 즈음엔 이미 흔적도 없이 사라진 뒤였다.

하지만 그것으로 위기가 끝난 것은 아니다. 오히려 본격적인 위기가 군웅들을 기다리고 있었다. 독 모래가 사라지는 것과 동시에 육잠이 소환한 은검단이 포위망을 구축하며 서서히 몰려왔기 때문이다.

추망우의 공격에서 살아남은 군웅들의 수가 대략 사백 정도였고 그에 반해 은검단의 수는 이백 남짓.

수적으로는 배가 넘는 군웅들이 유리해 보였으나 상황은 결코 여의치 않았다.

사백 명 중 중독의 여파로 신음하는 이들이 상당했고 기습을 당하면서 전체적인 사기가 급격히 위축된 상황이었다.

무엇보다 개개인의 실력에서 은검단이 군웅들을 앞선 데다가 사분오열되어 있는 군웅들에 비해 은검단은 명령 하나에 마치 한 몸이 된 것처럼 일사불란하게 움직였는데 그 차이는 싸움이 시작되면서 극명하게 드러났다.

군웅들이 은검단의 공격에 우왕좌왕하는 동안에 은검단은 조직적으로 군웅들을 압박했다. 우선적으로 군웅들을 이끄는 양대 세력 중 그 힘이 갈라져 있는 정무련에 비해 단일 지휘 체계를 지니고 있는 패천마궁 진영을 집중적으로 공격했다.

무림 최강의 전력을 자랑하는 패천마궁답게 저항은 완강하고 처절했다. 압도적으로 불리한 상황임에도 누구 한 사람 물러나지 않고 목숨이 끊어지는 그 순간까지 칼을 휘둘렀다. 특히 삼십 남짓한 흑귀대와 적귀대원들의 지독함은 은검단의 피해를 우려해 직접 나선 육잠마저 혀를 내두를 정도였다.

육잠이 패천마궁 측을 공격하고 있을 때 계단에서 내려온 추망우는 오직 한 세력을 향해 시선을 고정하고 있었다.

전원이 녹의를 입고 정무련에 속한 문파 중 그 어떤 곳보다 매섭게 은검단에 저항하는 이들, 바로 사천당가였다.

"두려워하지 마라! 악도들의 숫자는 얼마 되지 않는다. 자리를 지켜……."

정신없이 식솔들을 이끌던 장로 당산은이 오싹한 느낌에 고개를 홱 돌렸다.

"늙은이가 예리한 감각은 여전하군. 오랜만이오, 당산은 장로."

"네, 네놈은!"

당산은이 경악에 찬 눈을 부릅떴다.

독괴 추망우.

꿈에서도 떠올리기 싫은 괴물이 눈앞에 있었다.

『검선마도』 7권에 계속…

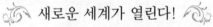

초대형 24시 만화방

신간 100%, 샤워실, 흡연실, 수면실(침대석), 커플석, 세탁기 완비

▪ 광명 광명사거리역점 ▪

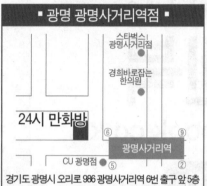

경기도 광명시 오리로 986 광명사거리역 6번 출구 앞 5층
02) 2625-9940 (솔목타워 5층)

▪ 강북 노원역점 ▪

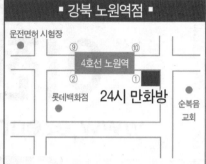

서울 노원구 상계동 340-6 노원역 1번 출구 앞 3층
02) 951-8324 (화용빌딩 3층)

▪ 일산 정발산역점 ▪

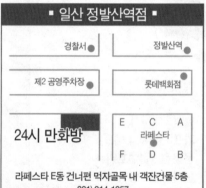

라페스타 E동 건너편 먹자골목 내 객잔건물 5층
031) 914-1957

▪ 일산 화정역점 ▪

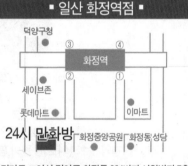

경기도 고양시 덕양구 화정동 984번지 서일빌딩 7층
031) 979-4874 (서일사우나 건물 7층)

▪ 부천 역곡역점 ▪

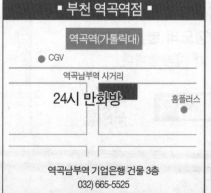

역곡남부역 기업은행 건물 3층
032) 665-5525

▪ 부평역점 ▪

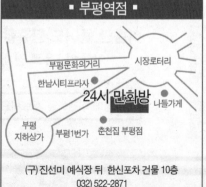

(구) 진선미 예식장 뒤 한신포차 건물 10층
032) 522-2871

FUSION FANTASTIC STORY

재능 넘치는 게이머

덕우 장편소설

프로게이머가 된 지 약 반년 만에
세계 챔피언이 된 강민허.
그리고 이어지는 그의 돌발 선언.

"저, 강민허는 오늘부로 트라이얼 파이트 7
프로게이머에서 은퇴하겠습니다."

"로인 이스 온라인에서 다시 한번
세계 최고의 자리에 올라서겠습니다."

프라이드 강, 강민허.
그의 새로운 도전이 시작된다!

Book Publishing CHUNGEORAM

유행이 아닌 자유추구 -
WWW.chungeoram.com

MODERN FANTASTIC STORY

강준현 현대 판타지 소설

주무르면 다고침!

희귀병을 고치는 마사지사가 있다?

트라우마를 겪은 후 내리막길을 걸어온 한두삼.
그는 모든 걸 포기하고 고향으로 향하게 된다.
그리고 그곳에서 특별한 능력을 얻게 되는데……

"도대체 나한테 무슨 일이 생긴 거지?"

한두삼,
신비한 능력으로 인생이 뒤바뀌다!

Book Publishing CHUNGEORAM

유행이 아닌 자유추구 -
WWW.chungeoram.com

魔神敎
洛陽支部

천마신교
낙양지부

정보석 新무협 판타지 소설

FANTASTIC ORIENTAL HEROES

무협武俠의 무武란 무엇을 뜻하는가?
바로 자신의 협俠을 강제強制하는 힘이다.

자신을 넘어, 타인을 통해, 천하 끝까지 그 힘이 이른다면,
그것이 곧 신神의 경지.

일개 인간이 입신入神하기 위해
필요한 것은 무엇인가?

지금, 그 답을 찾기 위한
피월려의 서사시가 시작된다!

Book Publishing CHUNGEORAM

유행이 아닌 자유추구
WWW.chungeoram.com

FUSION FANTASTIC STORY

초인의 게임

니콜로 장편소설

지저 문명의 침략으로 멸망의 위기에 빠진 인류.
세계 최고의 초인 7명이 마침내 전쟁을 종식시켰으나
그들의 리더는 돌아오지 못했다.

그리고 17년 후.

"서문엽 씨!
기적적으로 생환하셨는데 기분이 어떠십니까?"
"…너희 때문에 X같다."

죽어서 신화가 된 영웅.
서문엽이 귀환했다.

Book Publishing CHUNGEORAM

유행이 아닌 자유추구~
WWW.chungeoram.com